Mayo 2e

Donado p y

Jaime Duran.

Para todos los muchachas y
muchachos de Minca que sueñan
con un mundo mejor :)

MW01708706

ALFAGUARA

Susan E. Hinton

rebeldes

Traducción de Miguel Martínez-Lage

ALFAGUARA

ALFAGUARA

Título: *The Outsiders*
© Del texto: 1967, Susan E. Hinton
© De la traducción: 1985, Miguel Martínez-Lage
© De esta edición:
2007, Distribuidora y Editora Aguilar, Altea, Taurus, Alfaguara, S.A.
Calle 80 No. 10-23
Teléfono (571) 639 60 00
Telefax (571) 236 93 82
Bogotá – Colombia
www.santillana.com.co

- Aguilar, Altea, Taurus, Alfaguara, S.A.
  Av. Leandro N. Alem 720 (1001), Buenos Aires
- Santillana Ediciones Generales, S.A. de C.V.
  Avda. Universidad, 767, Col. Del Valle,
  México D.F. C.P. 03100
- Santillana Ediciones Generales, S.L.
  Torrelaguna, 60.28043, Madrid

ISBN: 978-958-704-551-2
Printed in Colombia - Impreso en Colombia

Primera edición en Colombia, mayo de 2007
Tercera reimpresión, enero de 2009

Diseño de la colección:
Rafa Sañudo, Raro, S. L.

Todos los derechos reservados. Esta publicación no puede ser reproducida, ni en todo ni en parte, ni registrada en o transmitida por un sistema de recuperación de información, en ninguna forma ni por ningún medio, sea mecánico, fotoquímico, electrónico, magnético, electroóptico, por fotocopia o cualquier otro, sin el permiso previo, por escrito, de la editorial.

rebeldes

Índice

CAPÍTULO 1

Cuando salí a la brillante luz del sol desde la oscuridad del cine tenía sólo dos cosas en la cabeza: Paul Newman y volver a casa. Deseaba parecerme a Paul Newman –él tiene pinta de duro y yo no–, aunque imagino que mi propio aspecto no es demasiado desastroso. Tengo el pelo castaño claro, casi rojo, y ojos gris verdoso. Ojalá fueran más grises, pues me caen mal los tipos de ojos verdes, pero he de contentarme con los que tengo. Llevo el pelo más largo que muchos otros chicos, recto por atrás y largo en la frente y por los lados, pero soy un *greaser*, y por el barrio casi nadie se toma la molestia de cortarse el pelo. Además, me queda mejor el pelo largo.

Me quedaba un buen trecho hasta casa e iba sin compañía, pero por lo general suelo hacerlo solo, no por nada sino porque las películas me gusta verlas sin que me molesten, para poder meterme en ellas y vivirlas con los actores. Cuando voy con alguien al cine me resulta un tanto incómodo, igual que cuando alguien lee un libro por encima de tu hombro. En eso soy diferente. Es decir, mi hermano mayor, Soda, que tiene dieciséis años para cumplir diecisiete, no abre un libro en su vida, y el mayor de los tres, Darrel al que llamamos Darry, trabaja demasiado y demasiado duro como para interesarse por una historia o ponerse a hacer un dibujo, así que no soy como ellos, y en la pandilla a ninguno le gustan los libros y las películas de igual manera que a mí. Por un tiempo pensé que era la única persona del mundo que disfrutaba así. Así que me iba solo.

Soda por lo menos procura entender, lo cual es más de lo que hace Darry. Pero es que Soda es distinto de todos; lo entiende todo, o casi. Por ejemplo, nunca me regaña, como lo hace Darry a todas horas, ni me trata como si tuviera seis años en vez de catorce. Quiero a Soda más de lo que nunca he querido a nadie, papá y mamá incluidos. Siempre está encantando de la vida y no para de sonreír, mientras que Darry es seco y severo y casi nunca sonríe. Claro que Darry, a los veinte años, ya ha pasado por casi todo, ha crecido muy deprisa. Sodapop no crecerá nunca. No sé qué es mejor. Me enteraré un día de estos.

En cualquier caso, seguí caminando hacia casa, pensando en la peli y con unas repentinas ganas de tener compañía. Los *greasers* no podemos ir andando por ahí mucho tiempo sin que se echen encima, o sin que alguien se acerque y suelte un «*¡greaser!*», lo cual tampoco es para quedarse tan tranquilo. Los que nos asaltan son los *socs*. No estoy muy seguro de cómo se deletrea, pero es la abreviatura de *socials*, la clase alta, los niños ricos del West Side. Es igual que la palabra greaser, la que se usa para clasificarnos a los chicos del East Side.

Somos más pobres que los *socs* y que la clase media. Seguramente también somos más bestias. No al estilo de los *socs*, que andan por ahí asaltando *greasers* y destrozando casas a patada limpia con botes de cerveza, y que les dedican un artículo en el periódico por ser una vergüenza pública un buen día y una deuda de la sociedad al día siguiente. Los *greasers* somos un poco como los *hood*s; robamos cosas y conducimos viejos carros trucados y atracamos gasolineras y armamos una pelea entre pandillas de cuando en cuando. No es que yo haga cosas así. Darry me mataría si me metiera en líos con la ley. Desde que mamá y papá murieron en un accidente de carro, nosotros tres hemos aprendido a estar unidos comportándonos debidamente. Así que Soda y yo nos mantenemos apartados del jaleo todo lo posible, y cuando no es posible, tenemos mucho cuidado de que no nos pille en medio. Quiero decir que muchos *greasers* hacen cosas de esas, igual que nosotros llevamos el pelo largo y vestimos con *jeans* y camisetas, o nos dejamos por fuera los faldones de la camisa y nos ponemos chaquetas de cuero y playeras o botas. No pretendo decir que los *socs* o los *greasers* sean unos mejores que otros, qué va; simplemente, así son las cosas.

Podría haber esperado para ir al cine a que Darry o Sodapop salieran del trabajo. Habrían venido conmigo, o me habrían llevado en carro, o hubiéramos venido andando, aunque Soda no puede estarse quieto y sentado el tiempo necesario para disfrutar de una película, y a Darry el cine le mata de aburrimiento. Darry opina que ya tiene bastante con su vida sin fisgar en la de otras personas. O si no, podría haberme traído a uno de la pandilla, uno de los cuatro chicos con los que Darry, Soda y yo hemos crecido juntos y a los que consideramos familia. Estamos casi tan unidos como hermanos; cuando creces en un barrio tan cerrado como el nuestro, terminas por conocer a los otros verdaderamente bien. De habérseme ocurrido, habría llamado a Darry, que habría venido a recogerme, o si no Two-Bit Matthew –uno de la pandilla– me habría llevado en su carro si me hubiera acordado de pedírselo, pero es que a veces no uso la cabeza. Mi hermano Darry se pone enfermo cada vez que hago cosas así, pues por algo se supone que soy un chico listo; paso los cursos con buenas notas y tengo un coeficiente intelectual elevado y todo eso, pero no uso la cabeza. Además, me gusta caminar.

Estaba a punto de decidir que tampoco me gustaba tanto cuando vi aquel Corvair rojo que me seguía los pasos. Estaba casi a dos manzanas de casa, así que empecé a andar un poco más aprisa. Nunca me habían asaltado, pero vi a Johnny después que cuatro *socs* lo cogieran desprevenido y, la verdad, no quedó nada bien que se diga. Después de aquello a Johnny le daba miedo hasta su sombra. Johnny tenía dieciséis años.

Supe que no serviría de nada –andar deprisa, quiero decir– antes incluso de que el Corvair parase a mi lado y bajasen de él cinco *socs*. Me asusté bastante –soy más bien pequeño para tener catorce años, aunque tengo buena complexión, y aquellos tipos eran mucho más grandes que yo–. Automáticamente metí los pulgares en los bolsillos y me alejé cabizbajo, preguntándome si me sería posible salir de aquella si al menos intentaba escabullirme. Me acordé de Johnny –de su cara toda cortada y magullada, y me acordé de cómo lloró cuando le encontramos, medio inconsciente, en un rincón de un solar–. En su casa, Johnny se hizo el valiente; costó mucho trabajo hacerle llorar.

Estaba sudando ferozmente, aunque tenía frío. Sentí cómo iban humedeciéndoseme las palmas de las manos y cómo me chorreaba la transpiración por la espalda. Así es como me pongo cuando me asusto de verdad. Miré alrededor en busca de una botella o una estaca o algo –Steve Randle, el mejor amigo de Soda, una vez mantuvo a raya a cuatro tipos tirando de una botella rota–, pero no había nada. Así que me quedé donde estaba, quieto como un clavo, mientras me rodeaban. No uso la cabeza. Anduvieron a mi alrededor lentamente, silenciosamente, sonriendo.

–¡Eh!, *greaser* –dijo uno con voz excesivamente amistosa–. Te vamos a hacer un favor, *greaser*. Te vamos a cortar todo ese pelo grasiento.

Llevaba una camisa de algodón fino. Todavía la veo. Azul. Uno de ellos se rió, luego me maldijo en voz baja. No se me ocurría nada que decir. Simplemente, no hay muchas cosas que decir mientras esperas que te zurren, así que cerré la boca.

–¿No te hace falta un corte de pelo, *greaser*? –el rubio de mediana estatura sacó una navaja y la abrió con un golpe seco.

Finalmente se me ocurrió decir algo.

–No.

Retrocedí, alejándome de la navaja. Claro está que retrocedí hasta caer justo encima de uno. Me derribaron en un segundo. Me atenazaron los brazos y las piernas y uno se me sentó encima del pecho, con las rodillas sobre mis codos, y si te parece que eso no duele es que eres idiota. Olía a loción de afeitar English Leather y a tabaco rancio, y me pregunté con cierta estupidez si no me asfixiaría antes de que hicieran algo. Estaba tan asustado que casi deseaba asfixiarme. Luché por soltarme, y durante un segundo estuve a punto; luego apretaron más y el que tenía encima me soltó un par de bofetadas. Así que me estuve quieto, insultándoles entre jadeos. Tenía un cuchillo sobre la garganta.

–¿Entonces prefieres que el corte de pelo empiece justo debajo de la barbilla?

Me dio la impresión de que eran capaces de matarme. Me volví loco. Empecé a chillar, a llamar a Soda, a Darry, a cualquiera. Alguno me tapó la boca con la mano y le mordí con todas mis fuerzas; noté el sabor de la sangre, que me corría por entre los dientes. Oí mascullar una grosería y me llevé otro par de golpes; luego me metieron un pañuelo en la boca.

–Que se calle, por lo que más quieras, haz que se calle –repetía uno.

Luego se oyeron gritos y pisadas, y los *socs* se largaron y me dejaron allí tendido, jadeando. Allí me quedé, preguntándome qué diablos ocurría: la gente iba y venía, pasaban a empellones a mi lado; estaba demasiado aturdido para enterarme. Luego alguien me levantó de las axilas y procuró ponerme en pie. Era Darry.

–¿Estás bien, Ponyboy?

Me zarandeaba; ojalá se esté quieto, pensé. Ya estaba bastante mareado. Pese a todo, supe que era Darry, en parte por la voz y en parte porque Darry siempre es un poco brusco conmigo, aun sin querer.

–Estoy bien. Estate quieto, Darry, estoy bien.

Paró al instante.

–Lo siento.

En realidad no lo sentía. Darry nunca se arrepiente de nada que haya hecho. A mí me resulta divertido que se parezca tanto a mi padre y que actúe siempre al contrario que él. Mi padre sólo tenía cuarenta años cuando murió, pero aparentaba veinticinco y mucha gente creía que papá y Darry eran hermanos en vez de padre e hijo. Pero sólo se parecían; mi padre nunca fue brusco con nadie, ni siquiera sin querer.

Darry mide uno noventa y tantos, es ancho de hombros y muy musculoso. Tiene el pelo castaño oscuro, con un remolino en la frente y otro menor en la nuca –igual que papá–, pero tiene los ojos distintos. Son ojos como dos pedazos de hielo azul verdoso. Tienen un aire decidido, muy suyo, como todo él. Aparenta más de veinte años… duro, tranquilo y listo. Sería verdaderamente apuesto si sus ojos no fueran tan fríos. No entiende de nada que no sean hechos sin vuelta de hoja. Pero usa la cabeza.

Volví a sentarme, frotándome la mejilla que más me habían golpeado.

Darry apretó los puños en los bolsillos.

–No te han hecho mucho daño, ¿verdad?

Sí que me lo hicieron. Me escocía y me daba pinchazos y tenía el pelo dolorido, y estaba tan nervioso que me temblaban las manos y tenía ganas de ponerme a sollozar, pero esas no son cosas para contárselas a Darry.

–Estoy bien.

Sodapop se acercó a paso largo. Para entonces ya me había dado cuenta de que todo aquel ruido que había oído eran los de la pandilla, que venían a rescatarme. Se dejó caer a mi lado y me examinó la cabeza.

–Te has llevado alguno que otro corte, ¿eh, Ponyboy?

Sacó un pañuelo, humedeció la punta con la lengua y me lo apretó con cuidado sobre la sien.

–Sangras como un cerdo en el matadero.

–¿Sí?

–¡Mira! –me mostró el pañuelo, enrojecido como por arte de magia–. ¿Te rayaron la cara?

Recordé la voz: «¿No te hace falta un buen corte de pelo, *greaser*?». La hoja debía de habérsele resbalado mientras intentaba callarme.

–Sí.

Soda es más guapo que cualquiera de los chicos que conozco. No como Darry: Soda tiene ese aire de estrella de cine que hace que la gente se pare en la calle y se dé la vuelta para verlo pasar. No es tan alto como Darry, y es un poco más delgado, pero tiene una cara finamente dibujada, delicada, que de alguna manera se las arregla para estar pensativa y temeraria al mismo tiempo. Tiene el pelo rubio oscuro y se lo peina hacia atrás, largo, sedoso y recto, y en verano el sol se lo aclara hasta hacerlo parecer dorado como el trigo. Tiene los ojos oscuros –ojos vivos, danzarines, temerariamente risueños, que en un instante saben ser amables y simpáticos y, al siguiente, relampaguear de indignación–. Tiene los ojos de papá, pero Soda es único. Es capaz de emborracharse con una carrera de *drags** o a fuerza de bailar, sin acercarse al alcohol siquiera. En el barrio es difícil encontrar un nene que no tome de vez en cuando. Pero Soda no toca ni una gota; no le hace falta. Se emborracha nada más que con vivir. Y entiende a todo el mundo.

Me observó más de cerca. Aparté la mirada a toda prisa, pues, si quieres que te diga la verdad, estaba a punto de empezar a sollozar. Sabía que estaba tan pálido como me sentía, y que temblaba como una hoja.

Soda me puso la mano en el hombro.

–Tranqui, Ponyboy. Ya no te harán más daño.

* Carros trucados.

–Ya sé –dije, pero el suelo se desdibujó y sentí lágrimas calientes que me rodaban por las mejillas. Me las froté con impaciencia–. Sólo estoy un poco asustado, nada más –solté un suspiro tembloroso y dejé de llorar.

No puedes echarte a llorar delante de Darry. No, a menos que te hayas llevado una paliza como la que le dieron a Johnny aquel día que le encontramos en el solar. En comparación con Johnny, a mí no me habían hecho nada.

Soda me frotó el pelo.

–Eres un nene valiente, Pony.

Tuve que sonreírle; Soda es capaz de hacerte reír con cualquier cosa. Imagino que es porque siempre se sonríe tanto a sí mismo.

–Estás loco como una cabra, Soda.

Darry nos miró como si tuviera ganas de cascarnos una cabeza contra la otra.

–Los dos estáis como cabras.

Soda no hizo más que alzar una ceja, un truco que había aprendido de Two-Bit.

–Parece que es cosa de familia.

Darry se le quedó mirando fijamente un momento y después se echó a reír. Sodapop no le tiene miedo como los demás, y le encanta tomarle el pelo. Yo preferiría reírme en la cara de un oso gris de tamaño natural; pero, sea como sea, parece que a Darry le hace gracia que Soda le tome el pelo.

Nuestra pandilla había perseguido a los *socs* hasta su carro y los habían apedreado. Volvieron corriendo a donde estábamos –cuatro tipos duros y flacos–. Eran todos duros como rocas, no había más que verlos. Yo había crecido con ellos, y me aceptaban pese a ser más joven porque era el hermano menor de Darry y Soda y sabía mantener la boca cerrada.

Steve Randle tenía diecisiete años; era alto y flaco, con un pelo espeso y grasiento que llevaba peinado en complicados rizos. Era un tipo guapo, agudo, y el mejor amigo de Soda desde que dejó la escuela. Su especialidad eran los carros. Era capaz de quitar un tapacubos más de prisa y haciendo menos ruido que cualquier otro del barrio, pero también conocía los carros de arriba a abajo y por delante y por detrás, y era capaz de conducir cualquier cosa con ruedas. Él y Soda trabajaban en la misma gasolinera –Steve por horas y Soda todo el día–, que tenía, por cierto, más clientes que cualquier otra en la ciudad. Fuera porque Steve era tan bueno con los carros o porque Soda atraía a las chicas como la miel a las moscas, no sabría decírtelo. Me gustaba Steve sólo por ser el mejor amigo de Soda. Yo no le hacía ni pizca de gracia; pensaba que era un perrito faldero y un niño; Soda siempre me llevaba con ellos cuando iban por ahí, siempre que no fuesen con chicas, y eso a Steve le fastidiaba. No es culpa mía: Soda siempre me llamaba, no soy yo quien se lo pide. Soda no piensa que soy un niño.

Two-Bit Matthew era el más viejo de la pandilla y el mayor bromista de todos. Medía uno noventa más o menos, bastante robusto, y estaba muy orgulloso de sus largas patillas color rojo oxidado. Tenía los ojos grises y una ancha sonrisa, y no podía dejar de hacer comentarios divertidos ni aunque le fuese la vida en ello. Era imposible hacerlo callar; siempre se las arreglaba para meter sus *dos bromas*. De ahí el apodo. Hasta los profesores olvidaron que su verdadero nombre era Keith, y nosotros apenas si recordábamos que alguna vez lo hubiese tenido. La vida era una enorme broma para Two-Bit. Era famoso por su habilidad para robar en las tiendas y por su cuchillo de navajas negras (que no podría haber adquirido sin ese primer talento), siempre andaba de jugarretas y burlas con los polis. En realidad no podía evitarlo. Todo cuanto decía era tan irresistiblemente divertido que pura y simplemente tenía que hacer que la ley se enterase, aunque sólo fuera para iluminar sus aburridas vidas. (Así al menos es como me lo explicó.) Le gustaban las peleas, las rubias y, por alguna insondable razón, la escuela. A los dieciocho aún seguía en el Instituto y nunca había aprendido nada. A mí me gustaba mucho porque nos hacía reír de nosotros mismos tanto como de otras cosas. Me recordaba a Will Rogers, quizá por la sonrisa.

Si tuviese que elegir al verdadero personaje de la pandilla me quedaría con Winston Dallas, Dally. Antes me gustaba dibujar su estampa cuando andaba cabreado, porque podía plasmar su personalidad con unos pocos trazos. Tenía cara de duende, con pómulos muy salientes y mentón huidizo, dientes pequeños y afilados, como de animal, y orejas como las de un lince. De tan rubio, tenía el pelo casi blanco, y no le gustaba cortárselo, así como tampoco la gomina de manera que le caía en mechones sobre la frente y en mechones por detrás, y se le rizaba tras las orejas y en el cogote. Tenía ojos azules, resplandecientes como el hielo y fríos de aborrecimiento por el mundo entero. Dally había pasado tres años en la parte más salvaje de Nueva York y había estado en la cana a la edad de diez años. Era más duro que el resto de nosotros, más duro, más frío, más mezquino. La sombra de diferencia que distingue a un *greaser* de un *hood* no existía en Dally. Era tan bestia como los chicos de los suburbios, como la banda de Tim Shepard.

En Nueva York, Dally se desfogaba en peleas callejeras, pero aquí las bandas organizadas son una rareza; no hay más que grupillos de amigos que se juntan, y la guerra tiene lugar entre clases sociales. Una riña, cuando se arma de veras, suele nacer de una pelea por rencor a la que los contendientes van con sus amigos. Bueno, sí que hay por aquí algunas bandas con nombre, como los Reyes del Río y los Tigres de la Calle Tíber, pero aquí, en el suroeste, no hay rivalidad entre bandas. Así que Dally, aunque a veces tenía la oportunidad de meterse en peleas de las buenas, no tenía nada que odiar en especial. Ninguna banda rival. Sólo los *socs*. Y contra ellos no se puede ganar, ni por mucho que lo intentes, porque son ellos quienes tienen todas las ventajas a su favor. Y ni siquiera zurrarles va a cambiar los hechos. Quizá por eso Dallas era tan amargo.

Tenía lo que se dice toda una reputación. Lo tenían fichado en la Comisaría. Lo habían arrestado, se emborrachaba, participaba en los rodeos, mentía, hacía trampas, robaba, levantaba borrachos, les pegaba a los niños pequeños... de todo. No me gustaba, pero era listo y había que respetarlo.

Johnny Cade era el último y el poquita cosa. Si puedes imaginarte un muñeco oscuro que ha sido aporreado demasiadas veces y que está perdido entre una muchedumbre de extraños, ahí tienes a Johnny. Era el más joven, aparte de mí, y más pequeño que el resto, de complexión ligera. Tenía grandes ojos negros en una cara oscura, bronceada; el pelo era negrísimo y lo llevaba muy engominado, peinado hacia un lado, pero lo tenía tan largo que le caía a mechones sobre la frente. Tenía una mirada nerviosa, suspicaz, y la paliza que le dieron los *socs* no le vino nada bien. Era la mascota de la banda, el hermano pequeño de cada cual. Su padre estaba siempre listo para pegarle, y su madre no le hacía ni caso excepto cuando estaba fastidiada por algo, y entonces se la oía berrearle con toda claridad desde nuestra casa. Creo que odiaba más eso que las palizas. Si no hubiéramos estado allí se habría escapado de casa un millón de veces. De no haber sido por la pandilla, Johnny nunca habría conocido qué son el amor y el afecto.

Me sequé los ojos a toda prisa.

–¿Los pillasteis?

–Qué va. Esta vez se pisaron, los muy... –Two-Bit siguió alegremente, llamando a los *socs* todas las burradas que se le ocurrían o que inventaba.

–¿Está bien el nene?

–Estoy bien –intenté pensar algo que decir. Normalmente soy bastante tranquilo con la gente. Cambié de conversación–. No sabía que te hubiesen sacado ya de la nevera, Dally.

–Buena conducta. Acabé pronto.

Dallas encendió un cigarro y se lo pasó a Johnny. Todos nos sentamos a fumar y a relajarnos. Un cigarro siempre disminuye la tensión. Yo había dejado de temblar y había recobrado el color. El cigarro me estaba calmando. Two-Bit elevó una ceja.

–Te queda bien esa magulladura, chico.

Me toqué la mejilla con tiento.

–¿En serio?

Two-Bit asintió sabiamente.

–Bonito corte también. Te da aire de duro.

Duro y *súper* son dos palabras diferentes. *Duro* es lo mismo que rudo; súper quiere decir tranqui, afilado, como un Mustang súper o un disco súper. En nuestro barrio, las dos son cumplidos.

Steve echó la ceniza en dirección a mí.

–¿Qué hacías caminando por aquí tú solo? –había que dejar que el bueno de Steve sacase a relucir el tema.

–Volvía a casa después del cine. No pensé que…

–Nunca piensas nada –entró Darry–, ni en casa ni en ninguna parte donde haga falta. Tienes que ponerte a pensar justo en la escuela, total para traer buenas notas; te pasas el día con la nariz metida en un libro, pero en la vida no usas la cabeza cuando de verdad hace falta. Si es que no te sacas un cero, nenecito. Y si no te quedaba más remedio que ir por ahí tú solo, deberías haber llevado una navaja.

Me quedé mirando el agujero que tenía en el dedo gordo de las playeras. Darry y yo, pura y simplemente, no nos apreciábamos así como mucho. Yo nunca fui capaz de complacerle. Me habría regañado igual por llevar la navaja que por no llevarla. Si traía a casa notables, exigía sobresalientes, y si traía sobresalientes quería asegurarse de que iban a durar. Si jugaba al fútbol, debería estar estudiando, y si leía, debería salir a jugar al fútbol. Nunca regañaba a Sodapop, ni siquiera cuando faltaba a clase, ni cuando le caían multas por exceso de velocidad. Sólo me regañaba a mí.

Soda le estaba contemplando.

–Deja en paz a mi hermanito, ¿oyes? No es culpa suya que le guste ir al cine, ni tampoco que a los *socs* les guste asaltarnos, y si hubiese llevado navaja, esa hubiera sido buena excusa para cortarlo en pedacitos.

Soda siempre saca la cara por mí.

–Cuando quiera que mi hermanito me diga qué he de hacer con mi otro hermanito –dijo Darry con impaciencia– ya te pediré tu opinión, hermanito –pero me dejó en paz. Siempre lo hace cuando Soda se lo dice. O casi siempre.

–La próxima vez, que vaya uno de nosotros contigo, Ponyboy –dijo Two-Bit–. Cualquiera lo hará encantado.

–Hablando de pelis –Dally bostezó a la vez que tiraba la colilla–, mañana por la noche voy a ir al Nightly Double. ¿Queréis venir conmigo alguno, a ver cómo se da la cosa?

Steve sacudió la cabeza.

–Soda y yo vamos a recoger a Evie y a Sandy para ir a ver el partido.

No le hacía ninguna falta mirarme tal como lo hizo después. Yo no iba a preguntarle si podía ir. Nunca se lo digo a Soda, porque a él le gustará mucho Steve, pero yo a veces no aguanto a ese Steve Randle. En serio. A veces lo odio.

Dally suspiró, tal como supe que haría. Nunca tenía tiempo para nada.

–Mañana por la noche tengo trabajo.

Dally nos miró al resto.

–¿Y vosotros? ¿Two-Bit? Johnnycake, ¿no queréis venir tú y Ponyboy?

–Johnny y yo sí –dije; sabía que Johnny no abriría la boca a menos que lo forzaran–. ¿Vale Darry?

–De acuerdo, ya que no tienes clase –Darry era estupendo a la hora de dejarme salir los fines de semana. Pero entre semana casi nunca podía salir de casa.

–Mañana por la noche pensaba pegarme una rasca –dijo Two-Bit–. Si no, ya me daré una vuelta a ver si os veo.

Steve miró la mano de Dally. El anillo que le había bajado a un viejo borracho estaba de nuevo en su dedo.

–¿Has vuelto a romper con Sylvia?

–Sí, y esta vez va en serio. Esa fulanita estaba haciendo horas extras otra vez mientras yo estaba en la cana.

Pensé en Sylvia, y en Evie, y en Sandy y en las muchas rubias de Two-Bit. Eran la única clase de chicas que se dignaban mirarnos, pensé. Chicas duras, escandalosas, que llevaban demasiada pintura de ojos y que se reían por lo bajo y decían groserías. Me gustaba Sandy tal cual, la chica de Soda, pese a todo. Tenía el pelo rubio natural, y su risa era suave, igual que sus ojos, azul porcelana. No tenía una verdadera casa, y era de nuestra clase, *greaser*, pero era una chica verdaderamente agradable. Con todo, infinidad de veces me preguntaba cómo serían las otras chicas. Esas chicas de ojos brillantes y que llevan vestidos de una longitud decente y actúan como si tuvieran ganas de escupirnos. Algunas tenían miedo de nosotros, y al acordarme de Dallas Winston no se los reprocho. Pero la mayor parte nos miraban como si fuéramos sucios, nos miraban igual que cuando los *socs* venían en sus Mustangs o en sus Corvairs, y nos gritaban: «¡Grasa!». Me intrigaban. Es decir, las chicas. ¿Lloraban cuando arrestaban a sus novios, como Evie cuando enjaularon a Steve, o salían corriendo, como le hizo Sylvia a Dallas? Claro que quizás a sus chicos no les arrestaran, ni les dieran palizas, ni se reventaran en los rodeos.

Aún seguía pensando en ello mientras esa noche hacía en casa los deberes. Tenía que leer *Grandes esperanzas* para la clase de Lengua, y ese nene, Pip, me recordaba a nosotros, por cómo se sentía marcado y sucio por no ser un caballero, y por cómo lo despreciaba aquella chica. Eso me había ocurrido una vez. Una vez, en Biología, tenía que disecar una lombriz, y la cuchilla no cortaba, así que utilicé mi navaja. Justo en el momento en que la abrí –debí de olvidar qué estaba haciendo, pues de otro modo nunca lo hubiese hecho– la chica que tenía al lado dio un gritito y dijo: «Tienes razón. Eres un *hood*». Lo cual hizo que se me subieran los colores. En aquella clase había un montón de *socs* –siempre me ponen en los grupos «A» porque se supone que soy inteligente– y a la mayor parte aquello le pareció muy divertido. A mí no, desde luego. Era una chica bien guapa. Estaba preciosa, toda de amarillo.

Nos ganamos a pulso buena parte de nuestros problemas, pensé. Dallas se merece todo lo que le cae encima, y podría ser mucho peor, si quieres que te diga la verdad. Y Two-Bit, en realidad, ni quiere ni necesita la mitad de las cosas que roba. Sencillamente le parece muy divertido robar todo lo que esté bien vigilado. Entiendo bien por qué Sodapop y Steve se meten tan a fondo en carreras de *drags* y en peleas: ambos tienen demasiada energía, demasiada marcha y ningún medio de desahogo.

–Más fuerte, Soda –oí murmurar a Darry–; si no, me dormiré.

Miré por la puerta. Darry siempre anda haciendo pesas y todo eso; repara tejados y siempre prueba a subir a la vez dos montones de tejas por la escalera. Supe que Soda lo iba a dormir, pues Soda es capaz de hacer dormir a cualquiera con sólo proponérselo. Creía que Darry trabajaba demasiado duro. Yo también.

Darry no se merecía trabajar como un viejo cuando no tenía más que veinte años. Había sido un tipo muy famoso en la escuela; fue capitán del equipo de fútbol y lo eligieron Chico del Año. Pero lisa y llanamente, no teníamos dinero para que fuese a la universidad, ni siquiera con la beca deportiva que ganó. Y ahora, entre un trabajo y otro, no tenía tiempo para pensar en sus estudios. Así que nunca iba a ningún sitio y nunca hacía nada, excepto ejercitarse en los gimnasios y esquiar de vez en cuando con los viejos amigos de entonces.

Me froté la mejilla, que se me había puesto morada. Me había mirado en el espejo; ya lo creo que me daba un aire de duro. Pero Darry me hizo ponerme una tirita en el corte.

Me acordé del terrible aspecto que tenía Johnny cuando le dieron la paliza. Yo tenía el mismo derecho a caminar por las calles que los *socs*, y Johnny nunca había hecho daño a nadie. ¿Por qué nos odiaban tanto los *socs*? Nosotros no les hacíamos ni caso. A punto estuve de quedarme dormido encima de los deberes intentando averiguarlo.

Sodapop, que para entonces ya se había metido en la cama, me gritó que apagara la luz y que me acostara. En cuanto terminé el capítulo en que estaba, le hice caso.

Tendido al lado de Soda, mirando fijamente la pared, recordé las caras de los *socs* cuando me acorralaron, la camisa de algodón fino que llevaba el rubio, y aún oí una voz espesa: «¿No te hace falta un corte de pelo, *greaser*?». Me estremecí.

–¿Tienes frío, Ponyboy?

–Un poco –mentí. Soda me echó el brazo por el cuello. Murmuró algo con voz amodorrada.

–Oye, nene, cuando Darry te pega un regaño no quiere decir nada. Es que tiene más preocupaciones de las que nadie debería tener a su edad. No te lo tomes tan en serio… ¿entiendes, Pony? No dejes que eso te hunda. Él está orgulloso de ti porque tienes tanto coco. Es sólo porque eres el peque; quiero decir, te quiere mucho. ¿Entendido?

–Claro –dije, procurando quitar de mi voz todo resto de sarcasmo–. ¿Soda?

–¿Mmmm?

–¿Por qué dejaste el Instituto? –nunca fui capaz de entenderlo. A duras penas me fui haciendo a la idea cuando dejó de ir a clase.

–Porque soy un torpe. Sólo aprobaba mecánica y gimnasia.

–Tú no eres un torpe.

–Sí, sí que lo soy. Cállate y te diré algo. Pero no vayas a decírselo a Darry.

–Vale.

–Creo que voy a casarme con Sandy. En cuanto ella termine la escuela y yo consiga un trabajo mejor y todo eso. Igual espero también a que acabes tú. Así podré echarle una mano a Darry con los gastos y todo lo demás.

–¡Súper! Espera a que yo acabe, así podrás quitarme a Darry de encima.

–Deja de decir bobadas. Te he dicho que la mitad de regaños no van en serio.

–¿Estás enamorado de Sandy? ¿Cómo se siente uno?

–Hhhmmm –suspiró de felicidad–. Maravilloso.

Un momento después su respiración se hizo ligera y regular. Volví la cabeza para mirarle, y a la luz de la luna parecía un dios griego venido a la tierra. Luego suspiré. No había entendido del todo lo que quiso decir sobre Darry. Darry sencillamente pensaba que yo era una boca más que alimentar y alguien a quien regañar por todo.

¿Qué Darry me quería? Pensé en esos ojos duros y pálidos. Al menos aquella vez, Soda se equivocaba. Darry no quiere a nada ni a nadie, excepto a Soda quizá. Yo mismo apenas le tenía por humano. No me importa, me mentí, a mí él tampoco me importa. Es suficiente con Soda, y le tendré al menos hasta que acabe la escuela. Darry no me importa. Pero seguía mintiendo, y lo sabía. Me engaño a mí mismo todo el tiempo. Pero nunca me lo creo.

CAPÍTULO 2

Dally nos estaba esperando a Johnny y a mí bajo la farola de la esquina de las calles Pickett y Sutton, y puesto que llegamos pronto, nos dio tiempo de acercarnos a la farmacia del centro comercial a darnos una vuelta. Compramos una coca y le robamos los pitillos a la camarera, y anduvimos por ahí mirando las cosas que estaban expuestas, hasta que el encargado se puso serio con nosotros y nos invitó a largarnos. Llegaba tarde, pensé; Dally salió con dos cartones de Kool debajo de la chaqueta.

Luego cruzamos la calle y bajamos un trecho por Sutton, hasta el Dingo. Hay un montón de *drive-ins* en la ciudad; los *socs* van a The Way Out y a Rusty's, y los *greasers* vamos a Dingo y a Jay's. El Dingo es un antro bastante peligroso; siempre hay una pelea en marcha y una vez una chica se llevó un balazo. Caminamos por los alrededores, hablando con todos los *greasers* y los *hood*s que conocíamos, apoyándonos en los parabrisas de los carros o saltando a los asientos traseros, y enterándonos de quién había huido y de quién estaba en la cana, de quién salía con quién y de no sé qué otro que tenía ganas de cogerse a golpes con el tal, y de quién robó qué, cuándo y por qué. Hubo una buena pelea mientras estábamos allí, entre un *greaser* grandulón de veintitrés años y un autoestopista mexicano. Nos fuimos cuando salieron a relucir los cuchillos, pues la ley estaría a punto de caer por allí y a nadie le gusta verse pillado en medio cuando el jaleo se pone más rudo.

Cruzamos Sutton y cogimos el atajo por detrás de Spencer's Special, la tienda de decomisos, y perseguimos a un par de nenes a campo través durante unos minutos; para entonces estaba suficientemente oscuro para colarse por la verja de atrás del Nightly Double. Era el *drive-in* más grande de la ciudad y daban dos películas cada noche y cuatro los fines de semana; podías decir que ibas al Nightly Double y tener tiempo para darte una vuelta por la ciudad entera.

Todos teníamos dinero para entrar –cuesta sólo un cuarto de dólar si vas sin carro–, pero a Dally le fastidiaba hacer las cosas de legal. Le encantaba dar a entender que le importaba un comino que hubiese ley o que no. Andaba por ahí procurando saltarse las leyes. Fuimos a sentarnos a las filas de asientos de enfrente del bar. Allí no había nadie, salvo dos chicas sentadas. Dally las ojeó con frialdad, luego bajó por el pasillo y se sentó tras ellas. Tuve la turbia impresión de que estaba a punto de hacer de las suyas y no me equivoqué. Se puso a hablar en voz bien alta, de modo que las chicas le oyesen. Empezó mal y siguió peor. Dallas es capaz de hablar de manera bien sucia cuando quiere, e imagino que en ese momento le dio por ahí. Sentí que se me calentaban las orejas. Two-Bit o Steve o incluso Soda habrían ido con él, a ver si conseguían poner coloradas a las chicas, pero a mí esa clase de jugadas no me atraen. Allí me senté, como un idiota, y Johnny se levantó a todo correr por una coca.

No me habría sentido tan avergonzado si las chicas hubieran sido *greasers*; hasta podría haberle echado una mano al viejo Dallas. Pero aquellas chicas no eran de nuestra clase. Eran chicas de buen ver, vestidas con buen gusto y con una pinta fantástica. Tendrían unos dieciséis o diecisiete años. Una llevaba el pelo corto y oscuro, y la otra una larga melena pelirroja. La pelirroja se estaba poniendo de mala leche, o igual le estaba entrando miedo. Estaba sentada muy tiesa y mascaba chicle con fuerza. La otra fingía no oír a Dally. Dally empezaba a impacientarse. Puso los pies sobre el respaldo del asiento de la pelirroja, me guiñó un ojo y batió su propio récord en decir burradas. La chica se volvió y lo miró con calma.

–Quita las pezuñas de mi butaca y cierra esa bocaza.

Vaya, qué buena estaba. La había visto antes; era porrista en el Instituto. Siempre tuve muy claro que destacaba entre las demás.

Dally simplemente le devolvió la mirada y dejó los pies donde los tenía.

–¿Quién lo dice?

La otra se volvió a mirarnos.

–Es el *greaser* que monta para Slash J. de vez en cuando –dijo, igual que si no la oyéramos.

Había oído ese mismo tono de voz un millón de veces: «*Greaser*… *greaser*… *greaser*…». Joder que sí, lo había oído demasiadas veces. ¿Qué estarán haciendo en un *driver-in* sin carro?, pensé, y Dallas dijo:

–Os conozco. Os he visto en los rodeos.

–Es una pena que no sepas montar los toros tan bien como dices palabrotas –dijo con tranquilidad la pelirroja, y se dio la vuelta.

Lo cual no le molestó a Dally lo más mínimo.

–Así que vosotras dos os dedicáis a las carreras de carros, ¿eh?

–Será mejor que nos dejes en paz –dijo la pelirroja como quien muerde–, o llamo a la poli.

–Uyuyuy –Dally parecía aburrirse–, me has dado un susto de muerte. Un día de estos tendrías que ver las cosas que sé hacer, nena –sonrió astutamente–. ¿No te lo imaginas?

–Déjanos en paz, *por favor* –dijo–. ¿Por qué no te portas bien y nos dejas en paz?

Dally sonrió maliciosamente.

–Yo nunca me porto bien. ¿Queréis una coca?

Para entonces ya estaba cabreada.

–No la bebería ni aunque estuviera perdida en el desierto y muerta de sed. ¡Piérdete, *hood*!

Dally no hizo más que encogerse de hombros y salió paseando.

La chica me miró. Me daba un poco de miedo. Me dan miedo todas las chicas guapas, especialmente si son *socs*.

–¿Ahora vas a empezar tú?

Sacudí la cabeza, con los ojos como platos.

–No.

De repente sonrió. Joder, qué buena estaba.

–No tienes mala pinta. ¿Cómo te llamas?

Ojalá que no me hubiera preguntado eso. Odio decirle mi nombre a la gente por primera vez.

–Ponyboy Curtis.

Me quedé esperando el «No, fuera de chiste» de turno, o el «¿De verdad te llamas así?», o cualquier otro de los comentarios que me suelen caer. Ponyboy es mi verdadero nombre, y a mí personalmente me gusta.

La pelirroja volvió a sonreír.

–Es un nombre original, y encantador.

–Mi padre era un tipo original –dije–. Tengo un hermano que se llama Sodapop, y así consta en su partida de nacimiento.

–Yo me llamo Sherry, pero todos me llaman Cherry por el pelo. Cherry Valance.

–Ya lo sé. Eres porrista. Vamos al mismo Instituto.

–No parece que tengas edad de ir al Insti –dijo la morena.

–Es que no la tengo, pero me adelantaron un año.

Cherry me estaba mirando.

–¿Y qué hace un chico tan lindo como tú con una basura como esa?

Me quedé de una pieza.

–Soy un *greaser*, igual que Dally. Es mi colega.

–Lo siento, Ponyboy –dijo con delicadeza–. Tu hermano Sodapop ¿trabaja en una gasolinera? ¿En una DX?

–Sí.

–Oye, tu hermano es un tipo de película. Debí adivinar que sois hermanos; te le pareces.

Sonreí con orgullo; no creo que me parezca a Soda ni poco ni mucho, pero no se oye a una *soc* decir todos los días que mi hermano es un tipo de película.

–¿No solía ir por los rodeos, a montar a pelo?

–Sí, pero papá le hizo dejarlo después que se rompiera un ligamento. Todavía solemos ir a los rodeos. Os he visto a las dos en las carreras, y en eso sí que sois buenas.

–Gracias –dijo Cherry, y la otra chica, que se llamaba Marcia, preguntó:

–¿Cómo es que a tu hermano ya no se le ve por el Insti? No tiene más que dieciséis o diecisiete años, ¿no?

Por dentro hice una mueca de dolor. Ya te he dicho que nunca pude aguantar que Soda dejara la escuela.

–Es un *dropout* –dije a secas.

Dropout me hacía pensar en una especie de matón de pacotilla que anduviese por las calles desguazando farolas –lo cual no cuadraba para nada con mi hermano, un tipo encantado de la vida. A Dally si que le cuadraba, pero eso no se podía decir de Soda.

Entonces volvió Johnny y se sentó a mi lado. Miró alrededor por ver si veía a Dally, articuló un tímido «Hola» dirigido a las chicas e intentó ver la película. Estaba nervioso, pese a todo. Johnny siempre se ponía nervioso al juntarse con desconocidos. Cherry le miró de arriba a abajo, tomándole la talla, tal como había hecho conmigo. Luego sonrió suavemente y supe que le había tomado la talla tal como era.

Dally volvió luego pisando fuerte con el brazo lleno de botes de Coca-Cola. Le dio una a cada chica y se sentó junto a Cherry.

–A lo mejor esto te tranquiliza un poco.

Ella le miró con incredulidad y después le tiró la Coca-Cola a la cara.

–A lo mejor esto te tranquiliza a ti. Después que te laves la boca y aprendas a hablar y a actuar decentemente, a lo mejor me calmo yo también.

Dally se secó la cara con la manga y sonrió peligrosamente. Si yo hubiese estado en el lugar de Cherry me habría largado a todo correr. Conocía bien esa sonrisa.

–O sea que fiera, ¿eh? Bueno, así es como me gustan –intentó pasarle el brazo por el hombro, pero Johnny se le acercó y se lo impidió.

–Déjala en paz, Dally.

–¿Qué? –aquello le había cogido con la guardia baja. Se quedó mirando a Johnny con incredulidad. Johnny era incapaz de decirle «Buu» a un ganso. Johnny tragó saliva y se puso pálido, pero dijo:

–Ya me has oído. Déjala en paz.

Dally frunció un momento el entrecejo. Si hubiese sido yo, o Two-Bit, o Soda o Steve, o cualquiera excepto Johnny, Dally le habría aplastado la jeta sin dudarlo ni un momento. A Dally Winston no se le dice qué ha de hacer. Una vez, en una dulcería, un tipo le dijo que se apartara un poco en el mostrador. Dally se dio la vuelta y le sacudió tal golpe que le saltó un diente. A un completo desconocido. Pero Johnny era el preferido de la pandilla, y Dally era incapaz de pegarle. Era también el preferido de Dally. Dally se levantó y se fue de mala leche, con los puños apretados en los bolsillos y una mueca de disgusto en la cara. No volvió.

Cherry suspiró con alivio.

–Gracias. Me sentía asustadísima.

Johnny se las arregló para sonreír con admiración.

–Pues no se te notaba. Nadie le habla así a Dally.

Ella sonrió.

–Pues por lo que he visto, tú sí.

Johnny se puso rojo hasta las raíces del pelo. Yo seguía contemplándole. Le había hecho falta más que valor para decirle a Dally lo que le dijo; Johnny adoraba el suelo por donde pisaba Dallas, y yo nunca había oído que Johnny le contestase a nadie, y mucho menos a su héroe.

Marcia nos sonrió. Era un poco más pequeña que Cherry. Era bonita, pero esa Cherry Valance era una nena guapísima.

–Sentaos con nosotras. Así podréis protegernos.

Johnny y yo nos miramos uno al otro. De repente me sonrió, elevando tanto las cejas que desaparecieron bajo el flequillo. ¡Fíjate lo que íbamos a contarles a los chicos! Habíamos levantado a dos nenas, y además dos nenas de clase. Nada de fulanas *greaser* para nosotros, sino dos *socs* de las de verdad. Soda se iba a quedar pasmado cuando se lo contase.

–Vale –dije con indiferencia–. ¿Por qué no?

Me senté entre ellas, y Johnny hizo lo propio al lado de Cherry.

–¿Qué edad tenéis? –preguntó Marcia.

–Catorce –dije yo.

–Dieciséis –dijo Johnny.

–Qué curioso –dijo Marcia–, pensé que los dos teníais…

–Dieciséis –terminó Cherry por ella.

Se lo agradecí. Johnny aparentaba catorce y lo sabía, y le jodía un montón.

Johnny sonrió.

–¿Cómo es que no os damos miedo, como Darry?

Cherry suspiró.

–Vosotros dos sois demasiado dulces para darle miedo a nadie. En primer lugar, no seguisteis a Dallas cuando dijo burradas, y le hicisteis que nos dejara en paz. Y cuando os pedimos que os sentarais con nosotras no os lo tomasteis como si fuera una invitación para pasar la noche. Además de eso, he oído hablar de Dallas Winston, y tiene un aire de duro que no se lo aguanta, y dos veces más rudo. Y vosotros dos no tenéis mala pinta.

–Seguro –dije cansinamente–, somos jóvenes e inocentes.

–No –dijo Cherry despacio, mirándome cuidadosamente–, inocentes no. Simplemente no sois… sucios.

–Dally lo hace bien –dijo Johnny a la defensiva, y yo asentí. Sacas la cara por los colegas, sin importar qué hagan. Cuando estás en una pandilla, defiendes a cualquier miembro. Si no sacas la cara por ellos, si no permaneces unido, si no actúas como hermanos, ya no es una pandilla. Es una manada. Una manada enmarañada, desconfiada, presta a reñir, como los *socs* en sus clubs o las bandas callejeras de Nueva York o los lobos en el bosque–. Es rudo, pero un nene súper.

–Si os conociese os habría dejado en paz –dije, y eso era cierto–. Cuando vino de Kansas la prima de Steve, Dallas se portó con ella decentemente. Todos nos comportamos debidamente con las chicas agradables del tipo de aquella prima. No sé cómo explicarlo; tratamos de ser agradables con las chicas que vemos de vez en cuando, como las primas o las chicas de clase; pero cuando vemos pasar por la esquina a una nena buena no dejamos de soltarle las mayores burradas. No me preguntes por qué. No sé por qué.

–Bueno –dijo Marcia de modo terminante–, pues me alegro de que no nos conozca.

–En cierto modo, yo le admiro –dijo Cherry con suavidad, de tal manera que sólo yo la oí, y luego nos pusimos a ver la película.

Ah, nos enteramos al final de por qué estaban sin carro. Habían venido con sus novios, pero se separaron de ellos al descubrir que los chicos habían traído bebida. Los chicos se cabrearon y se largaron.

–Me da igual –Cherry parecía enojada–. Mi estilo de pasarlo bien no es el de sentarte en un *drive-in* y ver cómo se emborracha el personal.

Por la manera en que lo dijo podrías asegurar que su estilo de pasarlo bien era de clase alta, y seguramente caro. En cualquier caso, habían decidido quedarse y ver la película. Era una de esas películas playeras, sin intriga, pero de un montón de chicas en bikini y con cancioncillas rumberas, así que tampoco estaba mal. Estábamos allí sentados los cuatro en silencio cuando de repente una manaza vino a caer sobre el hombro de Johnny y otra encima del mío, y una voz profunda dijo:

–De acuerdo, *greasers*, ya está bien.

A punto estuvo de salírseme el corazón por la boca. Fue como cuando alguien sale de detrás de una puerta y te grita: «¡Buu!».

Miré temerosamente por encima del hombro y me encontré a Two-Bit, que sonreía como el gato de Cheshire.

–¡Huy, Two-Bit, nos has dado un susto de muerte!

Era muy bueno en imitar voces, y a todo el mundo le había sonado como el gruñido de un *soc*. Entonces miré a Johnny. Tenía los ojos cerrados y estaba blanco como un fantasma. Respiraba sofocadamente. Two-Bit sabía de sobra que no era bueno pegarle semejante sustos. Imagino que lo había olvidado. Es un cabeza de chorlito. Johnny abrió los ojos y dijo débilmente:

–Eh, Two-Bit.

Two-Bit le revolvió el pelo.

–Perdona, nene –dijo–. Lo olvidé –saltó por encima de la silla y se dejó caer al lado de Marcia–. ¿Quiénes son éstas, vuestras tías–abuelas o qué?

–Bisabuelas segundas –dijo suavemente Cherry.

No sabría decir si Two-Bit estaba borracho o no. Con él es difícil saberlo; se comporta como si estuviera borracho cuando está sobrio. Elevó una ceja y frunció otra, cosa que siempre hace cuando algo lo confunde, o le molesta, o cuando está a punto de decir una tontería de las suyas.

–Oye, debes de tener noventa y seis, si es que tienes un día.

–Tengo una noche –dijo Marcia con brillantez.

Two-Bit se quedó mirándola con admiración.

–Oye, vaya rapidez la tuya. ¿De dónde diablos habéis sacado vosotras dos a dos *hood*s *greasers* como Pony y Johnny?

–Nos los encontramos por ahí –dijo Marcia–. Somos mercaderes de esclavos de Arabia, y estábamos pensando en narcotizarles y llevárnoslos. Valen diez camellos cada uno, por lo menos.

–Cinco –disintió Two-Bit–. No creo que sepan árabe. Di algo en árabe, Johnnycake.

–Oye, párala –entró Johnny–. Dallas las estaba importunando y cuando él se marchó nos invitaron a sentarnos con ellas para protegerlas. De *greasers* bromistas como tú.

Two-Bit sonrió, pues Johnny casi nunca se ponía así de descarado. Siempre que consiguiéramos hacerle hablar estábamos convencidos de hacer algo bueno. Por cierto, no nos importa que nos llame *greaser* otro *greaser*. En esos casos resulta hasta juguetón.

–Eh, ¿dónde anda entonces el viejo Dally?

–Supongo que a la caza de una juerga, bebida, damas o una pelea. Espera que no lo detengan otra vez. Acaba de salir.

–Terminará por encontrar la pelea –dijo alegremente Two-Bit–. Por eso he venido por aquí. Míster Timothy Shepard y compañía andan buscando al tipo que amablemente les rajó los neumáticos, y puesto que Míster Curly Shepard le vio hacerlo a Dally... bueno... ¿Tiene Dally un cuchillo?

–No que yo sepa –dije–. Creo que lleva un trozo de tubería, porque dejó el cuchillo arreglado esta mañana.

–Estupendo. Tim peleará a puño limpio siempre que Dally no le saque el cuchillo. No creo que tenga problemas.

Cherry y Marcia se habían quedado de piedra mirándonos.

–¡Eh!, no os creeréis eso de hacerse los duros y demás, y todo eso, ¿no?

–Una pelea a pecho descubierto no es nada rudo –dijo Two-Bit–. Los cuchillos son rudos. Lo mismo que las cadenas y las pipas, y los palos de billar y las peleas de pandillas organizadas. Pero pelear a pecho descubierto no es rudo. Es la mejor manera de desfogarse. No hay nada malo en soltar unos cuantos puñetazos. Los *socs* sí que son rudos. Cae toda una banda encima de uno o dos, y organizan peleas entre sus clubs. Nosotros, los *greasers*, solemos permanecer unidos, pero cuando peleamos entre nosotros se trata de peleas a pecho descubierto entre dos tipos. Y Dally se gana a pulso todo lo que le cae encima, porque rajarle a alguien los neumáticos no es precisamente una broma cuando ese alguien tiene que trabajar para ganarse unos billetes. Además le vieron, y eso es culpa suya. Nuestra regla de oro, aparte de «Permanecer unidos», es «Que no te vean». Igual se lleva una paliza, igual no. De una manera o de otra no correrá la sangre por odio entre nuestro equipo y el de Tim Shepard. Si mañana los necesitásemos se dejarían ver. Si Tim le rompe la cabeza a Dally y mañana nos pidiera que le echemos una mano en una pelea, nos dejaríamos ver. Dally quería entretenerse. Le pillaron. Tiene que pagar. Nada de apuros.

–Vale, –dijo Cherry con sarcasmo–, muy sencillo.

–Desde luego –dijo despreocupada Marcia–. Si le matan o algo por el estilo, lo enterráis y punto. Nada de apuros.

–Entiendes estupendamente, nena –Two-Bit sonrió y encendió un cigarro–. ¿Quiere alguien un tabaco?

Le observé con admiración. Two-Bit sabía describir las cosas con palabras a la perfección. Quizá fuera aún un bachiller a sus dieciocho años y medio, quizá tuviera las patillas demasiado largas, y quizá se emborrachara demasiado a menudo, pero desde luego que entendía las cosas.

Cherry y Marcia sacudieron la cabeza cuando les ofreció cigarros, pero Johnny y yo prendimos uno cada uno. A Johnny le había vuelto el color, y respiraba con regularidad, pero la mano le temblaba todavía levemente. Un cigarro lo pondría en condiciones.

–Ponyboy, ¿vienes conmigo a por palomitas? –me preguntó Cherry.

Respondí de una.

–Claro. ¿Queréis todos?

–Yo sí –dijo Marcia. Estaba terminando la Coca-Cola que le trajo Dally. En este momento me di cuenta de que Cherry y Marcia no eran iguales. Cherry había dicho que no bebería la Coca-Cola de Darry ni aunque se estuviera muriendo de sed, e iba en serio. Era por principio. Pero Marcia no tenía razón alguna para tirar una Coca-Cola perfecta y gratis.

–Yo también –dijo Two-Bit. Me echó por el aire una moneda de cincuenta centavos–. Trae también para Johnny. Invito yo –añadió al llevarse Johnny la mano al bolsillo de atrás.

Fuimos al bar, donde, como de costumbre, había una cola de una milla de largo, y tuvimos que esperar. Unos cuantos tipos se volvieron a mirarnos; no se suele ver juntos a un *greaser* y a una porrista *soc*. Cherry no parecía notarlo.

–Tu amigo, el de las patillas largas, ¿es buena onda?

–No es peligroso como Dallas, si te refieres a eso. Es buena onda.

Sonrió, y los ojos mostraron que tenía la cabeza puesta en otra cosa.

–Oye, a Johnny… alguna vez le han dado una buena paliza, ¿no? –sonaba más a afirmación que a pregunta–. Una buena paliza y un buen susto.

–Fueron los *socs* –dije nerviosamente, porque por allí había un montón de *socs*, y algunos me miraban divertidos, como si yo no debiera estar con Cherry o algo por el estilo. Y, además, no me gusta hablar de ese asunto, de la paliza que le dieron a Johnny, quiero decir. Pero me puse a ello, hablando un poco más aprisa de lo normal, porque tampoco me gusta pensar en esas cosas.

Fue hace casi cuatro meses. Me había acercado a la gasolinera DX a pillar una botella de gaseosa y a ver a Steve y a Soda, porque siempre me compran un par de botellas y me dejan echar una mano con los carros. No me gusta ir los fines de semana, porque entonces hay un montón de chicas ligando con Soda; chicas de todas clases, *socs* también. De momento, las chicas no me importan gran cosa. Soda dice que ya se me pasará.

Era un cálido día de primavera, y el sol brillaba, pero empezó a hacer frío cuando oscurecía, al irnos hacia casa. Íbamos andando porque habíamos dejado el carro de Steve en la gasolinera. En una de las esquinas de nuestra manzana hay un solar amplio y abierto en donde jugamos al fútbol y nos reunimos, y también es un lugar para peleas de pandillas y peleas de puños. Pasábamos por allí, a patadas con los guijarros de la calle y acabando las botellas de Pepsi, cuando Steve vio que había algo en el suelo. Lo levantó. Era la chaqueta de Johnny; la única que tenía.

–Parece que a Johnny se le ha olvidado la chaqueta –dijo Steve mientras se la echaba al hombro para llevarla a su casa. De repente se paró y la examinó con más cuidado. Había una mancha de óxido en el cuello. Miró al suelo. Había algunas manchas más en la hierba. Alzó la vista y miró al solar con una expresión congelada en la cara. Creo que todos oímos el inaudible lamento y vimos el bulto oscuro e inmóvil a la vez. Soda llegó primero. Johnny estaba tumbado boca abajo. Soda le dio la vuelta con cuidado y yo a punto estuve de marearme. Le habían dado una paliza de espanto.

Estábamos acostumbrados a ver a Johnny maltratado; su padre le sacudía bastante, y aunque nos cabreaba muchísimo, no podíamos hacer nada. Pero aquellos golpes no tenían nada que ver con esto. Johnny tenía la cara toda cortada, magullada e hinchada, y tenía una cuchillada desde la sien hasta el mentón. Le quedaría cicatriz para toda la vida. La camiseta, blanca, la tenía toda salpicada de sangre. Me quedé parado, temblando con un frío repentino. Pensé que podía estar muerto; seguro que nadie podía aguantar una paliza así y seguir vivo. Steve cerró los ojos un momento y soltó un gruñido mientras se acuclillaba al lado de Soda.

De alguna manera la pandilla entendió qué había ocurrido. Two-Bit se encontró de repente a mi lado, y por una vez en la vida su cómica sonrisa había desaparecido y sus ojos grises y danzarines estaban tormentosos. Darry nos había visto desde el porche de casa y corrió hacia nosotros, parándose en seco al llegar. También estaba allí Dally, mascullando entre dientes; se dio la vuelta con una expresión de asco. Me pregunté vagamente por qué. Dally había visto morir a varios tipos en las calles del West Side de Nueva York. ¿Por qué parecía entonces asqueado?

–¿Johnny? –Soda lo levantó y se lo apoyó contra el hombro. Le dio una leve sacudida a aquel cuerpo–. Eh, Johnnycake.

Johnny no abrió los ojos, pero emitió una débil pregunta.

–¿Soda?

–Si, soy yo –dijo Sodapop–. No hables. Te pondrás bien.

–Eran un montón –empezó Johnny, tragando, sin hacer caso de la orden de Soda–. Un Mustang azul lleno de ellos... Me aculillé... –intentó soltar una grosería, pero de pronto se echó a llorar, luchando por controlarse, y llorando más porque no lo logró.

Johnny se había llevado más de una con la fusta de su viejo, pero nunca soltó ni un quejido. Eso ponía peor las cosas, pues le costaba trabajo aliviarse. Soda no hizo más que sujetarle y apartarle el pelo de los ojos.

–No te preocupes, Johnny. Se han ido. No te preocupes.

Finalmente, entre sollozos, Johnny pudo contarnos cómo había sido. Estaba en el solar con el balón para practicar un poco cuando un Mustang azul aparcó al lado. Venían cuatro *socs*. Lo cogieron; uno de ellos llevaba la mano llena de anillos; eso fue lo que le hizo tantos cortes. No fue sólo cosa del palizón que le habían dado. Además lo habían aterrorizado. Lo habían amenazado con toda clase de cosas. Johnny era muy excitable, una secuela nerviosa de las muchas veces que le habían pegado, de tanto oír pelearse a sus padres todo el tiempo. Vivir en esas condiciones habría vuelto amargo y rebelde a cualquier otro; a Johnny lo estaba matando. Nunca había sido un cobarde. Era un buen tipo a la hora de pelear contra otra pandilla. Estaba muy unido a la nuestra, y mantenía la boca bien cerrada cuando se trataba de la ley. Pero después de la noche de la paliza, Johnny se amedrentaba más que nunca. Yo llegué a creer que nunca lo superaría. Nunca más anduvo por ahí solo. Johnny, que era el que mejor cumplía la ley de todos nosotros, llevaba ahora un cuchillo de seis pulgadas en el bolsillo. Y estaba dispuesto a usarlo, si volvían a asaltarle. Le habían asustado hasta ese extremo. Al próximo tipo que lo asaltara lo mataría. Nunca iban a zurrarle de esa manera. Tendrían que pasar por encima de su cadáver…

Casi me había olvidado de que Cherry me estaba oyendo. Pero cuando volví a la realidad y la miré, me quedé asombrado de verla blanca como una hoja de papel.

–No todos los *socs* son así –dijo–. Tienes que creerme, Ponyboy. No todos nosotros somos así.

–Desde luego –dije.

–Sería como decir que todos los *greasers* sois como Dallas Winston. Me juego cualquier cosa a que ha asaltado a unos cuantos.

Digerí eso como pude. Era verdad. Dally había asaltado a gente. Nos había contado historias de asaltos en Nueva York que te ponían los pelos de punta. Pero no todos nosotros éramos tan malos.

Cherry ya no parecía asqueada, sólo triste.

–Estoy segura de que crees que los *socs* lo tenemos todo hecho. Los niños ricos, los *socs* del West Side. Te diré algo, Ponyboy, y a lo mejor te sorprende. Tenemos problemas de los que nunca has tenido noticia. ¿Quieres saber una cosa? –me miró directamente a los ojos–. Las cosas están muy rudas por todas partes.

–Te creo –dije–. Mejor volvemos con las palomitas, o Two-Bit va a pensar que me he largado con su plata.

Volvimos y estuvimos viendo la peli. Marcia y Two-Bit se lo estaban pasando en grande. Los dos tenían el mismo sentido del humor, de cabeza de chorlito. Cherry, Johnny y yo estuvimos allí sentados, viendo la peli y sin hablar. Dejé de preocuparme y me puse a pensar qué agradable era estar allí con una chica, sin tener que aguantarle sus groserías, sin tener que darle un tortazo de cuando en cuando. Una vez, mientras Dallas estaba en el reformatorio, a Sylvia le dio por colgarse de Johnny y engatusarlo, y Steve la agarró desprevenida y le dijo que si intentaba cualquiera de sus trucos con Johnny iba a ser él personalmente quien le bajara los humos. Luego le dio a Johnny una lección en cuanto a chicas y sobre los líos en que una fulana tramposa como Sylvia era capaz de meterle. A resultas de aquello, Johnny nunca les hablaba mucho a las chicas, pero si era porque tenía miedo de Steve o porque era muy tímido, no sabría decirlo.

A mí me cayó el mismo regaño por parte de Two-Bit después que una vez en el centro levantamos a dos chicas. Me resultó divertido, pues las chicas son un asunto en el que hasta Darry cree que uso la cabeza. Y en serio que fue divertido, pues Two-Bit estaba bastante burlón cuando me soltó el regaño, y me contó historietas que me dieron ganas de meterme debajo del suelo, o algo por el estilo. Pero hablaba de chicas como

Sylvia y las que él y Dally y el resto levantaban en los *drive-ins* y en centro de la ciudad; nunca dijo nada de chicas *socs*. Así que me hice a la idea de que no había nada malo en estar allí sentado con ellas. Incluso aunque tuvieran sus propios problemas. La verdad, no era capaz de entender por qué asuntos podrían afanarse los *socs*: buenas notas, carros buenos, buenas chicas, algodón fino y Mustangs y Corvairs; hombre, pensé, si tuviera que preocuparme por cosas así me consideraría un tipo con suerte.

Ahora lo entiendo mejor.

CAPÍTULO 3

Cuando terminó la película, de repente, caímos en la cuenta de que Cherry y Marcia no tenían forma de ir a casa. Two-Bit se ofreció galantemente a acompañarlas –el lado oeste de la ciudad quedaba a unas veinte millas de allí–, pero prefirieron llamar a sus padres para que vinieran a recogerlas. Two-Bit, finalmente, las convenció para que volvieran a casa en su carro. Creo que aún estaban medio asustadas de nosotros. Poco a poco lo superarían, pensé, mientras caminábamos hacia casa de Two-Bit para coger su carro. Me resultaba divertido que los *socs* –si es que aquellas chicas servían de muestra– fueran igual que nosotros. Les gustaban los Beatles y pensaban que Elvis Presley estaba fuera de onda, y nosotros creíamos que los Beatles eran de lo más fétido y que Elvis era súper, pero esa parecía ser, en mi opinión, la única diferencia. Claro que algunas chicas *greasers* se habrían comportado de manera más ruda, pero había una similitud básica. Supuse que seguramente era el dinero lo que nos separaba.

–No –dijo Cherry lentamente cuando me oyó decir esto–. No es sólo el dinero. Lo es en parte, pero no lo es todo. Vosotros los *greasers* tenéis una escala de valores diferente. Sois más emocionales. Nosotros somos sofisticados, fríos hasta el extremo de no sentir nada. Con nosotros nada va en serio. Sabes, a veces me encuentro hablando con una amiga, y me doy cuenta de que no me creo ni la mitad de lo que digo. No creo que una fiesta con cervezas en la parte de abajo del río sea lo máximo, pero le hablaría con entusiasmo de una de ellas a una amiga con tal de decir algo –me sonrió–. Nunca le había dicho esto a nadie. Creo que eres la primera persona con la que de verdad he entrado en comunicación.

Se estaba comunicando conmigo a las mil maravillas, probablemente porque yo era un *greaser*, y más joven que ella; no tenía razones para estar en guardia conmigo.

–Carreras de ratas, ese es un nombre perfecto para esto –dijo–. Siempre estamos en marcha, yendo y viniendo y sin preguntar nunca adónde. ¿Has oído alguna vez eso de tener más de lo que quieres? ¿De manera que no puedas desear nada y entonces empiezas a buscar algo distinto que desear? A mí me da la impresión de que siempre estamos en busca de algo que nos satisfaga, y no lo encontramos jamás. Quizá si dejáramos a un lado nuestra frialdad, entonces sí podríamos.

Esa era la verdad. Los *socs* estaban siempre tras un muro de reservas, muy al tanto de no mostrar su verdadera personalidad. Una vez vi una pelea entre dos clubs. Los *socs* hasta luchaban fríamente, de manera práctica, y casi impersonal.

–Por ese motivo estamos alejados –dije–. No es cuestión de dinero, sino de sentimientos: vosotros no sentís nada y nosotros lo sentimos todo con demasiada violencia.

–Y –intentaba ocultarme una sonrisa– seguramente por eso nos turnamos a la hora de aparecer en los periódicos.

Two-Bit y Marcia ni siquiera parecían oírnos. Estaban metidos en alguna de esas conversaciones salvajes que no tenían sentido para nadie excepto para ellos mismos.

Tengo buena fama de ser un tipo tranquilo, casi tan tranquilo como Johnny. Two-Bit siempre decía que le extrañaba que fuésemos tan buenos colegas.

–Debéis de tener unas conversaciones interesantísimas –decía, elevando una ceja–, tú con la boca cerrada y Johnny sin decir palabra.

Pero Johnny y yo nos entendíamos sin necesidad de decirnos nada. Nadie, excepto Soda, podía hacernos hablar largo y tendido. Hasta que me encontré a Cherry Valance.

No sé por qué razón fui capaz de hablar con ella; quizá por la misma por la que ella podía hablar conmigo. De lo primero que me di cuenta es de que le estaba contando cosas de «Mickey Mouse», el caballo de Soda. Era algo personal.

–Soda tuvo este caballo, sólo que no era suyo. Pertenecía a un tipo que lo guardaba en los establos donde trabajaba Soda. Pese a todo, «Mickey Mouse» era el caballo de Soda. Soda, nada más verlo, dijo: «Ahí tienes a mi caballo», y yo no lo dudé ni un instante. Yo tenía diez años por entonces. Soda está loco por los caballos. En serio. Siempre anda por los establos y por los rodeos, saltando encima de un caballo en cuanto tiene ocasión. Cuando yo tenía diez años creía que Soda y «Mickey Mouse» se parecían. «Mickey Mouse» era un caballo de pelaje dorado oscuro, descarado y tozudo, no mucho mayor que un potro. Venía siempre que Soda le llamaba. Pero no cuando le llamaba cualquier otro. Aquel caballo adoraba a Soda. Estaba dispuesto a morderle la manga o el cuello. Pero es que Soda estaba loco por aquel caballo. Iba a verlo todos los días. «Mickey Mouse» era un caballo ruin. Coceaba a los otros caballos y siempre andaba metido en líos. «Menudo potro tozudo que tengo», le había dicho una vez Soda. «¿Cómo eres tan malo, "Mickey Mouse"?». «Mickey Mouse» se limitaba a morderle la manga y a veces a mordisquearle.

Pero fuerte no. Igual pertenecía a otro tipo, pero era el caballo de Soda.

–¿Todavía lo tiene Soda? –me preguntó Cherry.

–Lo vendieron –dije–. Un día vinieron y se lo llevaron. Era un caballo que valía lo suyo. Pura fibra.

No dijo nada más, lo cual me alegró. No podría decirle que Soda había llorado durante toda la noche después de que se llevaran a «Mickey Mouse». Yo también lloré, si quieres que te diga la verdad, porque Soda nunca había querido tener nada excepto un caballo, y había perdido el suyo. Entonces Soda tenía doce años, a punto de cumplir trece. Nunca dejó que mamá y papá se enterasen de cómo se sentía, porque nunca tuvimos el dinero suficiente, y por lo general la veíamos negra para que cuadrasen las cuentas a fin de mes. En nuestro barrio, cuando tienes trece años ya sabes dónde están los límites. Durante todo un año estuve ahorrando dinero, pensando que un día podría comprarle «Mickey Mouse» a Soda. A los diez no eres tan listo.

–Lees mucho, ¿no, Ponyboy? –me preguntó Cherry.

Me quedé de una pieza.

–Sí. ¿Por qué?

Se encogió de hombros.

–Se te nota. Me juego lo que quieras a que también miras las puestas de sol –después de asentir yo se quedó callada un minuto–. También yo solía verlas, antes de estar tan ocupada.

Me hice una idea, o al menos lo intenté. Quizá Cherry se quedara quieta viendo el atardecer mientras se suponía que debería estar sacando la basura. Allí quieta miraba y se olvidaba de todo lo demás hasta que su hermano mayor le gritaba que se diera prisa. Sacudí la cabeza. Me hizo gracia que la puesta del sol que ella pudiera ver desde su patio y la que yo veía desde las escaleras de atrás fuera la misma. Quizá los distintos mundos en que vivíamos no fueran tan distintos. Veíamos los mismos atardeceres.

–Cherry, mira lo que viene por ahí –dijo con voz sofocada Marcia.

Todos miramos y vimos un Mustang azul que bajaba por la calle. Johnny hizo un ruido con la garganta y cuando le miré ya estaba pálido.

Marcia se movía con nerviosismo.

–¿Qué vamos a hacer?

Cherry se mordió una uña.

–Quedarnos aquí –dijo–. No podemos hacer mucho más.

–¿Quiénes son? –preguntó Two-Bit–. ¿El FBI?

–No –dijo Cherry con tono poco prometedor–. Son Randy y Bob.

–Y –añadió Two-Bit con una mueca– algunos otros de la élite social de las camisas de cuadros.

–¿Vuestros novios? –la voz de Johnny sonó firme, pero estando tan cerca de él como estaba yo, noté que temblaba. Me extrañó; Johnny era una calamidad de nervios, pero nunca lo había visto tan aculillado.

Cherry echó a andar calle abajo.

–Quizá no nos vean. Actuad con naturalidad.

–¿Quién está actuando? –sonrió Two-Bit–. Yo soy siempre así de natural.

–Ojalá fuera al revés –murmuré.

Y Two-Bit dijo:

–No abras la bocota, Ponyboy.

El Mustang nos pasó y se metió por la calle de la derecha. Marcia suspiró aliviada.

–Por qué poco.

Cherry se volvió hacia mí.

–Háblame de tu hermano mayor. No cuentas nada de él.

Intenté encontrar algo que decirle acerca de Darry, y me encogí de hombros.

–¿Qué puedo decir de él? Es enorme y apuesto, y le gusta jugar al fútbol.

–Quiero decir que cómo es. Tengo la impresión de conocer a Soda por como me has hablado de él; háblame de Darry –y al callarme ella me metió prisa–. ¿Es salvaje y temerario como Soda? ¿Soñador como tú?

Se me acaloró la cara entera al morderme el labio, Darry… ¿Cómo era Darry?

–Es… –iba a decir que es un gran tipo, pero no pude. Exploté con amargura–. No es para nada como Sodapop, y desde luego que a mí no se parece. Es tan duro como una piedra y más o menos tan humano. Tiene unos ojos iguales que el hielo helado. Cree que soy un idiota inaguantable. A él le gusta Soda; a todo el mundo le gusta Soda, pero a mí no me puede aguantar. Me juego lo que quieras a que le encantaría meterme en un reformatorio de esos, y desde luego que lo haría, siempre que Soda le dejase.

Two-Bit y Johnny se me habían quedado mirando con los ojos como platos.

–No… –dijo Two-Bit pasmado–. No, Ponyboy, eso no es cierto… Lo has entendido todo al revés.

–¡Huy! –dijo Johnny en voz casi baja–, yo pensaba que tú y Darry y Soda os llevabais pero que muy bien…

–Bueno, pues no –le solté, sintiéndome un poco bobo. Sabía que tenía coloradas las orejas por como me quemaban, y me sentí agradecido por la oscuridad. Me sentí idiota. Comparada con la de Johnny, mi casa era el paraíso. Por lo menos, Darry no se emborrachaba, ni me pegaba, ni salía huyendo de la casa, y yo tenía a Sodapop para hablar de las cosas. Eso me puso de mala leche, quiero decir, el portarme como un imbécil delante de todo el mundo–. Y tú más vale que te calles la boca, Johnny Cade, porque todo el mundo sabe que a ti tampoco te quieren en tu casa. Y no puedes echarles la culpa.

A Johnny se le ensancharon más los ojos y después hizo una mueca de dolor, como si le hubiese golpeado. Two-Bit me soltó una buena bofetada en la oreja, bien fuerte.

–Cierra la boca, nene. Si no fueras el hermano pequeño de Soda te iba a dar una zurra de golpes que te ibas a enterar. Sabes de sobra que a Johnny no hay que hablarle de esa manera –le puso la mano en el hombro a Johnny–. No lo ha dicho en serio, Johnny.

–Lo siento –dije apenado. Johnny era mi colega–. Es que estaba fuera de mí.

–Es la verdad –dijo Johnny con una sonrisa desangelada–. No me importa.

–Dejad de hablar así –dijo fieramente Two-Bit, revolviéndole el pelo a Johnny–. No podríamos arreglárnoslas sin ti, así que ya vale.

–¡No es justo! –grité yo apasionadamente–. ¡No es justo que lo tengamos todo en contra! –ni siquiera sabía con exactitud qué quería decir, pero estaba pensando en que el padre de Johnny era un alcohólico y su madre una egoísta detestable, y que la madre de Two-Bit era camarera en un bar para mantenerle a él y a su hermana pequeña después de que su padre se largara de casa por las malas, y pensé también en el viejo Dally, en el salvaje y astuto Dally, que se iba convirtiendo en un malhechor simplemente porque si no fuera así se moriría, y en Steve, en el odio que sentía por su padre, en cómo aparecía eso en su voz suave y amarga y en la violencia de su temperamento. Sodapop… un *dropout* para así poder conseguir un trabajo para que yo siguiera en el Insti, y Darry, que envejecía antes de tiempo en su intento por mantener a una familia y que tenía dos trabajos y nunca se divertía lo más mínimo… Mientras que los *socs* tenían tanto tiempo libre y tanto dinero que simplemente nos asaltaban y se peleaban entre sí para pasarlo bien, que daban juergas de cerveza y fiestas en la parte baja del río porque no se les ocurría nada mejor que hacer. Las cosas estaban crudas por todas partes, de acuerdo. En todos los rincones del East Side. Simplemente no me parecía justo.

–Ya sé –dijo Two-Bit con una de sus sonrisas de buen humor–, cuando nos toca el turno a nosotros siempre tenemos las peores cartas, pero así son las cosas. Qué le vas a hacer. Ajo y agua.

Cherry y Marcia no dijeron nada. Supongo que es que no sabían qué decir. Nos habíamos olvidado de que estaban allí. Entonces fue cuando vimos que el Mustang bajaba por la calle, más despacio que antes.

–Bien –dijo Cherry con resignación–, nos han visto.

El Mustang se detuvo a nuestro lado, y los dos chicos que iban delante se bajaron. Eran *socs* en toda regla. Uno llevaba una camisa blanca y una chaqueta de algodón, el otro una camisa amarillo claro y un jersey color vino. Les miré las ropas, y en ese momento me di cuenta de que todo lo que yo tenía eran un par de *jeans* y la camisa vieja de Soda con las mangas recortadas. Tragué. Two-Bit empezó a remangarse, pero la detuve a tiempo; se subió simplemente el cuello de su chaqueta de cuero y encendió un cigarro. Los *socs* ni siquiera parecían habernos visto.

–Cherry, Marcia, escuchen… –el *soc* de pelo negro, el más apuesto, empezó así.

Johnny respiraba hondo; me di cuenta de que miraba a la mano del *soc*. Llevaba tres pesados anillos. Miré a Johnny de reojo mientras en mi interior emergía una idea. Me acordé de que el carro que había parado en el solar aquella noche era un Mustang azul, y que a Johnny le había cortado la cara alguien que llevaba anillos.

La voz del *soc* me entró en el pensamiento:

–…Total, sólo porque la última vez nos emborrachamos un poco…

Cherry parecía enloquecida.

–¿Un poco sólo? ¿O sea que andar haciendo eses y desmayándose es sólo un poco? Bob, ya te lo he dicho, no salgo contigo mientras sigas bebiendo, y va en serio. Cuando estás borracho pueden ocurrir demasiadas cosas. Elige, o yo o la bebida.

El otro *soc*, un tipo alto con un corte de pelo estilo Beatle, se volvió hacia Marcia:

–Nena, ya sabes que no nos emborrachamos tan a menudo –y como ella se limitó a mirarle fríamente, se puso de mala leche–. Y aunque estéis cabreadas con nosotros, ésa no es razón para andar por la calle con esa chusma.

Two-Bit le dio una larga calada a su cigarro, Johnny se encogió y metió los pulgares en los bolsillos y yo me enderecé. Podemos tener un aire más desagradable que cualquier cosa cuando queremos; un aire de duro viene bien a veces.

–¿A quién estás llamando chusma?

–Mirad, *greasers*, hay otros cuatro de nosotros en el asiento de atrás…

–Entonces qué pena de asiento trasero –dijo Two-Bit hacia el cielo.

–Oye, si buscáis pelea…

Two-Bit alzó una ceja, lo cual solamente le hizo parecer más tranqui.

–¿Queréis decir con ello que si busco un buen asalto, nos sobrepasáis en número, así que nos lo vais a dar? Bueno… –agarró una botella, rompió un extremo, me la alcanzó, y sacó su navaja en un abrir y cerrar de ojos–. Inténtalo, amiguete.

–¡No! –gritó Cherry–. ¡Para! –miró a Bob–. Nos iremos a casa con vosotros. Espera sólo un momento.

–¿Por qué? –preguntó Two-Bit–. No les tenemos miedo.

Cherry se echó a temblar.

–No puedo aguantar las peleas… No puedo aguantarlas…

Me la llevé a un lado.

–No podría usar esto –le dije tirando la botella–. No sería capaz de cortar a nadie… –tenía que decírselo, porque le había visto los ojos cuando Two-Bit sacó el cuchillo.

–Lo sé –dijo tranquilamente–, pero es mejor que nos vayamos con ellos. Ponyboy… quiero decir que… si te veo a la entrada del Insti o en alguna otra parte y no te saludo no te creas que es nada personal, pero…

–Entiendo –dije.

–No podríamos dejar que nuestros padres nos vieran con vosotros. Eres un nene muy guapo y todo eso…

–No te preocupes –dije, deseando estar muerto y enterrado en cualquier parte. O al menos tener una camisa decente–. No somos de la misma clase. Pero no te olvides de que algunos de nosotros también miramos las puestas del sol.

Me miró rápidamente.

–Podría enamorarme de Dallas Winston –dijo–. Espero no verle nunca más, o de veras que lo haré.

Me dejó allí con la boca abierta, y el motor del Mustang retumbó y se fue.

Caminamos hacia casa, mayormente en silencio. Quería preguntarle a Johnny si esos eran los mismos *socs* que le habían dado la paliza, pero no lo mencioné. Johnny nunca hablaba de aquello, y los demás nunca dijimos nada.

–Bueno, eran dos de las chicas más guapas que he visto en mi vida –Two-Bit bostezó mientras nos sentamos en el bordillo al lado del solar. Sacó un pedazo de papel del bolsillo y lo rompió.

–¿Qué era eso?

–El número de Marcia. Seguramente falso. Debí haber perdido la cabeza para pedírselo. Me parece que estoy medio borracho.

Así que había bebido. Two-Bit era un tipo listo. Conocía los límites.

–¿Os vais todos a casa? –preguntó.

–Todavía no –dije. Quería fumar otro cigarro y mirar las estrellas. Tenía que estar en casa a eso de las doce, pero pensé que tenía tiempo de sobra.

–No sé por qué te di aquella botella rota –dijo Two-Bit poniéndose en pie–. Nunca la habrías usado.

–Igual sí –dije–. ¿Estabas borracho?

–Me voy a jugar al billar y a ver si pillo por ahí una partida de póquer. Igual me pego una borrachera de las que hacen época. Qué sé yo. Hasta mañana a todos.

Johnny y yo nos tumbamos de espaldas y miramos las estrellas. Me estaba helando; la noche estaba fría y sólo llevaba encima la camiseta, pero soy capaz de ponerme a mirar las estrellas aunque haga bajo cero. Vi brillar el cigarro de Johnny en la oscuridad y me pregunté cómo se estaría dentro de un ascua...

–Fue todo porque somos *greasers* –dijo Johnny, y supe que se refería a Cherry–. Su reputación podría haber salido malparada.

–Eso creo –dije, dudando si decirle o no a Johnny lo que Cherry había dicho sobre Dallas.

–Oye, ese sí que era un carro súper. Los Mustangs son súper.

–Los *socs* pasándoselo en grande, ya sabes –dije mientras sentía crecer en mi interior una amargura nerviosa. No era justo que los *socs* lo tuvieran todo. Éramos tan buenos como ellos; no era culpa nuestra que fuéramos *greasers*. Sencillamente, no era capaz de admitirlo o mandarlo al carajo, como Two-Bit, o ignorarlo y amar la vida, como Sodapop, o endurecerme al margen de todo, como Dally, y mucho menos disfrutar de ello, como Tim Shepard. Sentí que dentro de mí aumentaba la tensión y supe que tendría que ocurrir algo o estallaría.

–No puedo aguantar mucho más –Johnny dio voz a mis propios sentimientos–. Me mataré, o algo por el estilo.

–No –dije alarmado, sentándome–. No puedes matarte, Johnny.

–Bueno, no voy a hacerlo. Pero he de hacer algo. Debe de haber algún sitio en donde no haya *socs* ni *greasers*, sencillamente gente. Gente normal y corriente.

–Lejos de las grandes ciudades –dije, tumbándome otra vez–. En el campo…

En el campo… Me encantaba el campo. Quería estar lejos de las ciudades, lejos de la excitación. Sólo me apetecía tumbarme de espaldas bajo un árbol y leer un libro o dibujar, y dejar de preocuparme porque me asaltaran, dejar de llevar un cuchillo o terminar casado con alguna fulana como una cabra. Así debía de ser el campo, pensé ensoñadoramente. Tendría un perro lanudo y aullador, como en otros tiempos, y Soda podría tener a «Mickey Mouse» de nuevo y cabalgar en todos los rodeos que le diera la gana, y Darry perdería esa mirada fría y dura y volvería a ser como antes, hace ocho meses, antes de que papá y mamá murieran. Puesto que estaba soñando, traje a papá y a mamá de vuelta a la vida… Mamá haría pasteles de chocolate y papá saldría temprano con el camión para dar de comer al ganado. Le daría a Darry palmadas en la espalda y le diría que se estaba haciendo un hombre, de tal palo tal astilla, y estarían tan cerca el uno del otro como siempre habían estado. Quizá Johnny podría venirse a vivir con nosotros, y la pandilla podría venir los fines de semana, y quizá Dallas terminase por ver que después de todo hay algo bueno en el mundo, y mamá hablaría con él y le haría sonreír, aunque no quisiese. «Tienes toda una madre», solía decir Dallas. Era capaz de hablar con Dally y de mantenerlo apartado de los jaleos. Mi madre era dorada y hermosa…

–Ponyboy –Johnny me estaba sacudiendo–. Eh, Ponyboy, despierta.

Me senté, estremeciéndome. Las estrellas se habían movido.

–Dios, ¿qué hora es?

–No lo sé. Me quedé dormido mientras te oía hablar y hablar. Mejor que te vayas a casa en seguida. Yo creo que me quedaré aquí a pasar la noche –a los padres de Johnny les daba igual que Johnny fuera a casa o no.

–Vale –bostecé. ¡Huy! qué frío hacía–. Si te quedas helado, o así, vente a casa.

–Vale.

Corrí hacia casa, temblando ante la idea de vérmelas con Darry. La luz del porche estaba encendida. Quizás estuviesen dormidos y pudiera colarme sin que me vieran. Eché un vistazo por la ventana. Sodapop estaba tumbado en el sofá, pero Darry estaba en la butaca, bajo la lámpara, leyendo el periódico. Tragué saliva y abrí cuidadosamente la puerta. Darry levantó la vista del periódico. En un segundo estaba de pie. Allí me quedé, mordiéndome la uña.

–¿Dónde diablos has estado? ¿Sabes qué hora es? –estaba más cabreado de lo que nunca en mi vida le había visto. Sacudió la cabeza, sin habla.

–Bueno, son las dos de la mañana, nene. Una hora más y habría puesto a la Policía tras de ti. ¿Dónde estabas, Playboy? –la voz se le elevaba–. ¿En qué parte del omnipotente universo te habías metido?

Me sentí como un tonto cuando balbuceé:

–Me… me… he quedado dormido en el solar…

–¿Qué qué? –gritaba, y Sodapop se sentó y se frotó los ojos.

–Eh, Ponyboy, ¿dónde has estado? –dijo medio dormido.

–No era mi intención –le supliqué a Darry–. Estaba hablando con Johnny y los dos nos quedamos fritos…

–Supongo que no se te habrá ocurrido pensar que tus hermanos podían estar preocupados por ti y con miedo de llamar a la Policía, porque una historia así podría dar con tus huesos en un orfelinato a tal velocidad que la cabeza te iba a dar vueltas. ¿Y tú estabas dormido en el solar? Ponyboy, ¿qué demonios te pasa? ¿Eres incapaz de usar la cabeza? Ni siquiera llevas un abrigo…

Sentí que se me saltaban las lágrimas calientes de ira y frustración.

–Te he dicho que no era mi intención…

–¿Que no era tu intención? –gritó Darry, y a punto estuve de desmayarme–. ¡Que no te acordaste! ¡Eso es todo lo que sabes decir! ¿No se te ocurre ninguna otra cosa?

–Darry… –empezó Sodapop, pero Darry se volvió hacia él.

–Tú cállate la boca. ¡Estoy harto de oírte defenderle!

No debió haberle gritado a Soda. Nadie debiera gritarle nunca a mi hermano. Estallé:

–¡No le grites! –aullé. Darry se dio la vuelta y me soltó tal bofetada que di contra la pared.

De repente se hizo un silencio de muerte. Nos quedamos todos helados. Nadie de la familia me había pegado nunca. Nadie. Soda tenía los ojos como platos. Darry se miró la palma de la mano, que se había puesto roja, y me miró luego a mí. Tenía los ojos enormes.

–Ponyboy…

Me di la vuelta y salí por la puerta corriendo tan aprisa como pude. Darry gritó:

–¡Pony, perdona! –pero yo ya estaba en el solar y fingí no oírle. Me estaba escapando. Tenía muy claro que Darry no me quería ver por allí. Y aunque quisiera, no iba a quedarme. Ni siquiera iba a pegarme nunca más.

–¿Johnny? –llamé, y me paré en seco cuando se echó a rodar y saltó debajo de mis pies–. Ven, Johnny, nos escapamos.

Johnny no hizo preguntas. Corrimos varias manzanas hasta quedarnos sin aliento. Luego caminamos. Para entonces yo lloraba. Finalmente me senté en el bordillo y lloré, enterrándome la cara entre los brazos. Johnny se sentó a mi lado y me echó la mano al hombro.

–Tómatelo con calma, Ponyboy –dijo suavemente–, estaremos bien.

Finalmente me calmé y me sequé los ojos con el brazo desnudo. Respiraba entre sollozos.

–¿Tienes un cigarro?

Me acercó uno y encendió una cerilla.

–Johnny, tengo miedo.

–Bueno, pues quítatelo. Me lo vas a pegar a mí. ¿Qué ha pasado? Nunca te había visto llorar de semejante manera.

–No lo hago muy a menudo. Fue Darry. Me pegó. No sé qué pasó, pero no aguanto que me regañe y que además me pegue. No sé… a veces nos llevamos bien, pero de repente estalla conmigo o me regaña a todas horas. Antes no era así… antes nos llevábamos bien… antes de que mamá y papá murieran. Ahora, lisa y llanamente, no me aguanta.

–Creo que prefiero con mucho cuando es el viejo quien me pega –suspiró Johnny–. Entonces, al menos, sé quién soy. Entro en esa casa, y nadie dice nada. Salgo, y nadie dice nada. Me quedo fuera toda la noche, y nadie se da cuenta.

Tú, al menos, tienes a Soda. Yo no tengo a nadie.

–Ven, Johnny –dije, sacado de golpe de mi tristeza–, tú tienes a toda la pandilla. Dally no te pegó hoy porque eres el preferido. Quiero decir, ¡Aja!, Johnny, tienes a toda la pandilla.

–No es lo mismo que tener a los tuyos cuidándote –dijo Johnny simplemente–. Es que no es lo mismo.

Empezaba a relajarme y a pensar que, después de todo, escaparse quizá no fuera tan buena idea. Estaba adormilado y tenía un frío del carajo, y quería estar en casa y en la cama, a salvo y calentito bajo las mantas y con el brazo de Soda en torno a mí. Decidí irme a casa y no hablarle a Darry. Era mi casa tanto como lo era suya, y si quería dar por sentado que yo no existía, por mí de acuerdo. Pero no podía impedirme vivir en mi propia casa.

–¿Por qué no damos un paseo hasta el parque y vuelta? Igual me tranquilizo lo suficiente para irme a casa.

–De acuerdo –dijo Johnny tranquilamente–, como quieras.

Las cosas tienen que mejorar, supuse. No pueden ponerse peor. Me equivocaba.

CAPÍTULO 4

El parque tendría unas dos manzanas de extensión y contaba con una fuente en medio y una piscina pequeña para los niños. Ahora, en otoño, la piscina estaba vacía, pero la fuente funcionaba alegremente. Altos olmos daban al parque un aire sombrío y oscuro, y habría sido un buen sitio de encuentro, pero nosotros preferíamos nuestro solar, y el equipo de Tima Shepard los callejones, así que el parque quedaba para los enamorados y los niños.

No había nadie por allí a eso de las dos de la madrugada, y era un sitio perfecto para relajarse y recobrar la tranquilidad. La verdad es que no podría haberme tranquilizado mucho más sin convertirme en un pedazo de hielo. Johnny se cerró la chaqueta y el cuello.

–¿No te estás quedando helado, Pony?

–Pues sí que estás tú fino –dije, frotándome los brazos desnudos entre calada y calada. No sé qué estaba diciendo sobre la película de hielo que empezaba a formarse en los bordes de la fuente cuando un súbito bocinazo nos hizo pegar un bote. El Mustang azul estaba dando lentamente la vuelta al parque.

Johnny escupió unas cuantas groserías entre dientes y yo murmuré:

–¿Qué quieren? Este es territorio nuestro. ¿Qué estarán haciendo los *socs* tan al este?

Johnny sacudió la cabeza.

–Y yo qué sé. Pero apuesto lo que quieras a que nos buscan a nosotros. Nosotros levantamos a sus chicas.

–Dios –dije en un gruñido–, es lo único que nos faltaba para terminar una noche perfecta –le di una última calada al cigarro y apagué la colilla enterrándola con el tacón–. ¿Echamos a correr?

–Demasiado tarde –dijo Johnny–. Ahí vienen.

Eran cinco los *socs* que venían derecho hacia nosotros, y por como se tambaleaban supuse que venían pero bien borrachos. Eso me dio miedo. Un amago duro y a tiempo a veces puede espantarlos, pero no si estamos cinco a dos, y además iban borrachos. Johnny se llevó la mano al bolsillo de atrás y yo recordé su navaja. Ojalá tuviese yo aquella botella rota. Seguro que les habría mostrado que sabía usarla, de haber sido necesario. Johnny tenía un miedo de muerte. En serio. Estaba más pálido que un fantasma y tenía en los ojos una mirada salvaje, como la de un animal en una trampa. Retrocedimos contra la fuente y los *socs* nos rodearon. Olían tanto a whisky y a English Leather que por poco me asfixio. Deseé con todas mis fuerzas que aparecieran Soda y Darry en mi búsqueda. Cuatro de nosotros podríamos haberlos manejado con facilidad. Pero no había nadie por allí, y supe que Johnny y yo tendríamos que arreglárnoslas solos. Johnny tenía la cara dura, vacía; hay que conocerlo bien para ver el pánico en sus ojos. Me quedé mirando a los *socs* con toda tranquilidad. Quizá nos tuvieran aculillados, pero nunca les daríamos la satisfacción de mostrárselo.

Eran Randy y Bob y otros tres *socs*, y nos habían reconocido. También supe que Johnny los había reconocido; miraba con sus ojos enormes el reflejo de la luna sobre los anillos de Bob.

–¡Eh!, ¿qué os dije? –dijo Bob un tanto inseguro–, aquí están los *greasers* que se llevaron a nuestras chicas. ¡Eh, *greasers*!

–Estáis fuera de vuestro territorio –les avisó Johnny en voz baja–. Más vale que estéis al tanto.

Randy nos soltó unas groserías y se acercó más. Bob miraba a Johnny.

–Qué va sois vosotros los que haréis mejor en andar con ojo. La próxima vez que os apetezca una puta, escogedla de vuestra propia clase, basura.

Me estaba cabreando. Empezaba a odiarlos lo suficiente como para perder la cabeza.

–¿Sabéis qué es un *greaser*? –preguntó Bob–. Basura blanca con el pelo largo.

Sentí cómo me subía la sangre a la cabeza. Me han insultado, me han dicho verdaderas burradas, pero nunca me había impactado tanto como en ese momento. Johnnycake soltó una especie de bufido; le ardían los ojos.

–¿Sabes qué es un *socs*? –dije, con la voz temblorosa de rabia–. Basura blanca con Mustangs y algodón fino –y en ese momento, como no se me ocurría nada fuerte para decirles, les escupí.

Bob sacudió la cabeza, sonriendo lentamente.

–Te hace falta un buen baño, *greaser*. Y un buen trabajo. Y tenemos toda la noche para dártelo. Dale un baño al nene, David.

Me agazapé e intenté huir, pero el *socs* me agarró por el brazo, me lo torció a la espalda y me metió la cara en la fuente. Peleé, pero la mano que me agarraba de la nuca era poderosa y yo tenía que contener la respiración. Me muero, pensé, y me pregunté qué le estaría pasando a Johnny. No podía contener la respiración por más tiempo. Peleé otra vez a la desesperada, pero sólo conseguí tragar agua. Me ahogo, pensé, se ha pasado… Una neblina roja me llenó la mente y muy despacio me relajé.

Lo siguiente que supe fue que estaba tumbado en la acera, junto a la fuente, tosiendo agua y boqueando. Estaba allí tendido, débil, respirando aire y escupiendo agua. El viento me golpeaba la camiseta empapada y el pelo chorreante. Me castañeteaban los dientes sin parar, y no era capaz de impedirlo. Finalmente me puse en pie y me apoyé de espaldas contra la fuente, con el agua corriéndome por la cara. Entonces vi a Johnny.

Estaba sentado cerca de mí, con el codo en la rodilla, y miraba fijamente al frente. Tenía un extraño color blanco verdoso, y los ojos más enormes que he visto en mi vida.

–Lo he matado –dijo muy despacio–. He matado a ese chico.

Bob, el apuesto *soc*, estaba allí a la luz de la luna, doblado sobre sí mismo y muy quieto. Un charco oscuro crecía a su alrededor, extendiéndose lentamente sobre el blanco azulado del cemento. Le miré a Johnny a la mano. Tenía aferrada su navaja, y estaba oscura hasta las cachas. El estómago me dio un brinco violento y se me heló la sangre.

–Johnny –conseguí decir a duras penas entre náuseas–, me parece que voy a marearme.

–Adelante –dijo con voz segura–, no voy a mirarte.

Volví la cabeza y, por un instante, estuve tranquilamente mareado. Luego me eché hacia atrás y cerré los ojos para no ver a Bob allí tendido.

Esto no puede ser cierto. No puede ser cierto. No puede ser cierto.

–¿De verdad que le has matado, Johnny?

–Sí –la voz le tembló levemente–. Tuve que hacerlo. Te estaban ahogando, Pony. Podrían haberte matado. Y tenían un cuchillo... me iban a dar una paliza...

–¿Cómo... –tragué–, como la otra vez?

Johnny estuvo callado un minuto.

–Sí –dijo–, como la otra vez.

Johnny me contó qué había sucedido:

–Echaron a correr cuando lo acuchillé. Todos echaron a correr...

Me estaba entrando el pánico mientras oía seguir a la tranquila voz de Johnny.

–¡Johnny! –a poco más chillo–. ¡Por matar te llevan a la silla eléctrica! –yo estaba temblando. Quiero un cigarro. Quiero un cigarro. Quiero un cigarro. Nos habíamos fumado todo el paquete–. Tengo miedo, Johnny. ¿Qué vamos a hacer?

Johnny saltó y me agarró por la camiseta. Me sacudió.

–Calma, Ponyboy. Contrólate.

No me había dado cuenta de que estaba chillando. Me solté.

–Vale –dije–, ya estoy bien.

Johnny miró alrededor, golpeándose los bolsillo traseros nerviosamente.

–Tenemos que largarnos de aquí. Irnos a alguna parte. La Policía vendrá en seguida –yo estaba temblando, y no era de frío. Pero Johnny, salvo por las manos, parecía más tranquilo que el mismísimo Darry–. Nos hará falta dinero. Y puede que una pistola. Y un plan.

Dinero. ¿Puede que una pistola? Un plan. ¿De dónde diablos íbamos a sacar esas cosas?

–Dally –dijo Johnny terminantemente–. Dally nos sacará de ésta.

Solté un suspiro. ¿Por qué no se me habría ocurrido? Claro que a mí nunca se me ocurre nada. Dallas Winston era capaz de todo.

–¿Dónde podemos encontrarle?

–Creo que donde Buck Merril. Hoy había allí una fiesta. Dally dijo algo de ir esta tarde.

Buck Merril era el socio de Dally en los rodeos. Fue él quien le había conseguido a Dally el trabajo de jockey para el Slash J. Buck había criado unos cuantos caballos, y hacía dinero con carreras amañadas y un poco haciendo contrabando de licores. Yo tenía órdenes estrictas de Darry y Soda de no acercarme ni a diez millas de aquel sitio, en lo cual estaba de acuerdo. No me gustaba Buck Merril. Era un vaquero larguirucho, rubio y con dientes de caballo. ¿O quizá tenía los dientes de caballo antes de que le saltasen dos en una pelea? Estaba al margen. Le gustaba Hank Williams. ¿Qué pendejadas puedes llegar a hacer?

Buck nos abrió la puerta cuando llamamos, y con él nos llegó un bramar de música barata. El tintineo de los vasos, risas sonoras y rudas y risitas femeninas, y Hank Williams. Me rasgó los nervios como papel de lija. Con un bote de cerveza, Buck se quedó mirándonos.

–¿Qué queréis?

–Ver a Dally –Johnny tragó saliva y miró por encima del hombro–. Tenemos que verle.

–Está ocupado –soltó Buck, y alguien desde el cuarto de estar gritó «¡Ajá!» y «¡Yiii-pii!», y el sonido me puso los nervios de punta.

–Dile que somos Pony y Johnny –le ordené. Yo conocía a Buck, y la única manera de sacarle algo era con amenazas. Supongo que por eso Dallas lo manejaba con tanta facilidad, aunque Buck tenía veinte y pico y Dallas sólo diecisiete–. Vendrá.

Buck me contempló durante un momento, y después se fue de mala leche. Estaba bastante borracho, lo cual me puso sobre alerta. Si Dallas estaba también borracho y de mal humor…

Apareció en unos minutos, vestido sólo con unos *jeans* y rascándose el pelo del pecho. Estaba sobrio del todo, lo cual me sorprendió. Quizá no llevase mucho rato allí dentro.

–Bien, nenes, ¿para qué os hago falta?

Mientras Johnny le contaba la historia yo estudiaba a Dally, intentando descubrir qué había en aquel *hood* de los duros que pudiera amar Cherry Valance. Cabezón y de ojos ladinos, Dally no era nada excepto apuesto. Con todo, en la dureza de su cara había carácter, orgullo y un salvaje desafío abierto al mundo entero. Nunca podría corresponder su amor a Cherry. Sería un milagro si Dally fuera capaz de amar algo. La lucha por la supervivencia le había endurecido más allá del amor.

Ni siquiera movió un músculo cuando Johnny le contó qué había ocurrido; solamente sonrió y dijo «Bien por ti» cuando Johnny le contó cómo había acuchillado al *soc*. Por fin, Johnny terminó.

–Sabemos que si alguien puede sacarnos de aquí, ese eres tú. Perdona por haberte sacado de la fiesta.

–Fresco, nene –Dally le miró despreciativamente por encima del hombro–, estaba en la cama.

De repente se me quedó mirando.

–Huy, Ponyboy, qué rojas pueden ponérsete las orejas.

Yo me estaba acordando de lo que generalmente ocurre en los dormitorios en las fiestas de Buck. Entonces Dally me sonrió divertido, al darse cuenta de lo que yo estaba pensando.

–Nada de eso. Estaba durmiendo, o intentando dormir con todo ese escándalo. Hank Williams… –cerró los ojos y añadió unos cuantos adjetivos después de "Hank Williams"–, Shepard y yo hemos tenido una agarrada y me ha roto unas cuantas costillas. Me hacía falta un sitio donde tumbarme –se frotó el costado como si estuviese arrepentido–. El viejo Tima sí que sabe soltar puñetazos. Bueno, durante una semana tendrá que ver con un solo ojo –nos miró por encima y suspiró–. Bien, esperad un momento, a ver qué puedo hacer con todo este lío –luego me miró largo y tendido–. Ponyboy, ¿estás mojado?

–S–s–s–sí –balbuceé entre dientes, sin dejar de castañetear.

–¡Dios de los cielos! –abrió la puerta y me metió dentro, haciendo que Johnny nos siguiera–. Te vas a morir de una pulmonía antes de que te coja la ley.

Me metió a empujones en una habitación vacía, maldiciéndome todo el camino.

–Quítate esa camiseta –me tiró una toalla–. Sécate y espérame aquí. Johnny por lo menos tiene su chaqueta. Tendrías que saber que escapar con una camiseta no es lo que se dice una buena idea, y menos si está mojada. ¿No usas nunca la cabeza? –se pareció tanto a Darry que me quedé mirándole fijamente. No se dio cuenta, y nos dejó sentados en la cama.

Johnny se tumbó en ella.

–Me muero por un cigarrillo.

Al terminar de secarme me temblaban las rodillas, sentado sólo con los pantalones puestos.

Dally apareció en un momento. Cerró cuidadosamente la puerta.

–Tomad –nos alargó una pistola y un rollo de billetes–. Por lo que más quieras, Johnny, no me apuntes con ese trasto. Van cincuenta paquetes. Es todo lo que he podido sacar a Merril esta noche. Está quemando el botín de la última carrera.

Se podría pensar que era Dally el que le amañaba las carreras a Buck, siendo jockey y todo eso, pero no. El último tipo al que se le ocurrió insinuarlo perdió tres dientes. En serio. Dally cabalgaba honradamente, y hacía todo lo posible por ganar. Era lo único que Dally hacía honradamente.

–Pony, ¿saben Darry y Sodapop todo esto?

Sacudí la cabeza. Dally suspiró.

–Chico, joder, no me muero de ganas por ser el que se lo cuente a Darry y que me rompa la cabeza.

–Pues no se lo digas –dije. Odiaba tener preocupado a Soda, y me gustaría haberle dicho que hasta allí había llegado bien, pero me daba igual que Darry se preocupase hasta que le salieran canas. Estaba demasiado cansado para decirme a mí mismo que me estaba portando como un ruin irracional. Me convencí de que no sería justo hacer que Dally se lo dijera. Darry lo cogería a golpes hasta matarlo por habernos dado la pasta y la pistola y por habernos sacado de la ciudad.

–¡Toma! –Dally me dio una camisa un millón de tallas mayor que yo–. Es de Buck; no es que seáis exactamente de la misma talla, pero está seca –me dio su chaqueta de cuero gastado, con forro de borrego–. Hará frío cuando salgáis, pero no podéis arriesgaros a ir cargados con mantas.

Empecé a abrocharme la camisa. Fue como si me tragara entero.

–Saltad en el tren de mercancías de las tres y cuarto que va a Windrixville –nos dijo Dally–. Hay una iglesia abandonada en lo más alto de Jay Mountain. En la parte de atrás hay una bomba, así que no os preocupéis por el agua. Compraros provisiones para una semana nada más llegar, esta mañana, antes de que salga la historia en la prensa, y después no hagáis más que sacar la nariz por la puerta. Iré por allí en cuanto vea que puedo. Oye, creí que Nueva York era el único sitio en donde podía verme envuelto en un asesinato.

Al oír la palabra «asesinato», Johnny hizo un ruidito con la garganta y se estremeció.

Dally nos acompañó a la puerta y encendió la luz del porche antes de que saliéramos.

–¡Listo, largaos! –le revolvió el pelo a Johnny–. ¡Cuídate, nene! –le dijo suavemente.

–Seguro, Dally, gracias –y corrimos en la oscuridad.

Nos agazapamos entre las hierbas al lado de las vías, escuchando cómo crecía el silbido. El tren frenó hasta detenerse con un chirrido.

–Ahora –susurró Johnny.

Corrimos y saltamos a un vagón de carga. Abrimos el lateral y contuvimos la respiración al oír a los ferroviarios ir de acá para allá afuera. Uno metió la cabeza y nos quedamos helados. Pero no nos vio, y el vagón echó a traquetear con todo el tren.

–La primera parada es Windrixville –dijo Johnny a la vez que dejaba la pistola cautelosamente en el suelo. Sacudió la cabeza–. No entiendo por qué me ha dado esto. No podría disparar contra nadie.

En este instante, por primera vez, me di cuenta en qué estábamos metidos. Johnny había matado a alguien. El pequeño, tranquilo y afable Johnny, que nunca haría daño a ninguna cosa viva adrede, se había llevado una vida humana. De verdad que huíamos, con la Policía tras nosotros por un asesinato y una pistola cargada al lado. Ojalá le hubiésemos pedido a Dally un paquete de tabaco…

Me estiré y usé el muslo de Johnny a modo de almohada. Me encogí, y di gracias por tener la chaqueta de Dally. Era enorme, pero muy abrigada. Ni siquiera el traqueteo del tren era capaz de mantenerme despierto, y me dormí con la chaqueta de un malhechor puesta y con una pistola al alcance de la mano.

Aún no me había despertado cuando Johnny y yo saltamos del tren para caer en un prado. Hasta que aterricé sobre el rocío y me mojé no me di cuenta de lo que estaba haciendo. Johnny debía haberme despertado y haberme dicho que saltase, pero no me acordaba. Nos quedamos tumbados entre las hierbas húmedas, respirando hondo. Faltaba poco para el amanecer. Por el este se encendía el cielo y un rayo de oro tocó las colinas. Las nubes estaban rosadas y las alondras cantaban. Esto es el campo, pensé, medio dormido. Mi sueño se ha hecho realidad y estoy en el campo.

–Mierda, Ponyboy –Johnny se estaba frotando las piernas–, me las ha dejado dormidas. Ni siquiera me puedo tener en pie. No sé ni cómo pude saltar del tren.

–Perdona. ¿Por qué no me despertaste?

–No importa. No quería despertarte hasta que hiciera falta.

–Ahora, ¿cómo encontramos Jay Mountain? –le pregunté a Johnny. Yo aún estaba adormilado, y con ganas de quedarme dormido para siempre allí mismo, con el rocío y el amanecer.

–Habrá que preguntarle a alguien. La historia no habrá salido aún en el periódico. Hazte pasar por un granjero, como si dieras un pasco o algo así.

–No parezco un chico de una granja –dije. De repente pensé en mi pelo largo, peinado para atrás, y en mi costumbre de caminar encogido. Miré a Johnny. No tenía ninguna pinta de chico de una granja. Aún me recordaba a un muñeco perdido que se ha llevado demasiados golpes, pero por primera vez le vi como podría verle un desconocido. Tenía aire de duro, con su camiseta negra y sus *jeans* y la chaqueta, y con el pelo tan largo y tan engominado. Vi cómo se le rizaba por detrás de las orejas, y pensé que a los dos nos hacía falta un buen corte de pelo y ropas decentes. Me miré los *jeans* desgastados, mi camisa demasiado grande, la chaqueta gastada de Dally. Nada más vernos sabrían que éramos un par de *hood*s.

–Es mejor que yo me quede aquí –dijo Johnny frotándose las piernas–. Tú baja por la carretera y al primero que veas le preguntas dónde está Jay Mountain –hizo una mueca de dolor–. Luego vuelves. Y, por lo que más quieras, pásate un peine por el pelo y deja de arrastrar los pies como un criminal.

Así que también Johnny se había dado cuenta. Saqué un peine del bolsillo y me peiné con todo cuidado.

–Supongo que ahora tengo mejor aspecto, ¿eh Johnny?

Me estaba estudiando.

–Sabes, te pareces un montón a Sodapop, tal como tienes el pelo y todo lo demás. Salvo que tienes los ojos verdes, claro.

–No son verdes, son grises –dije, poniéndome colorado–. Y me parezco a Soda más o menos tanto como tú –me puse de pie–. Él es un niño bonito y engreído.

–Oye –dijo Johnny con una sonrisa–, tú también.

Salté la verja de alambre de espino sin decir una palabra más. Oí a Johnny reírse de mí, pero no me importó. Bajé paseando por la carretera rojiza; ojalá me volviera mi color natural antes de encontrarme con nadie. ¿Qué estarán haciendo Darry y Sodapop a estas horas?, pensé, bostezando. Por una vez en su vida Soda tendría toda la cama para él solo. Me juego lo que quieras a que Darry lamenta haberme pegado. Se va a preocupar un montón en cuanto se entere de que Johnny y yo matamos a ese *soc*. Luego, en un instante, me imaginé la cara que iba a poner Soda cuando se lo dijesen. Ojalá estuviese en casa, pensé un poco ido. Ojalá estuviera en casa y en la cama. Quizá sea verdad. Quizá sólo estoy soñando…

Fue ayer cuando Dally y yo nos sentamos detrás de aquellas chicas en el Nightly Double. Dios, pensé con una aturdida impresión de que todo iba muy deprisa, las cosas están sucediendo a toda velocidad. Demasiado rápido. Me figuré que no me podría haber metido en un lío peor que un asesinato. Johnny y yo tendríamos que huir y escondernos el resto de nuestras vidas. Nadie, excepto Dally, sabría nuestro paradero, y él no se lo podría decir a nadie porque si no lo meterían otra vez en la cana por habernos dado una pistola. Si cogieran a Johnny lo llevarían a la silla eléctrica, y si me cogiesen a mí, acabaría en un reformatorio. Le había oído a Curly Shepard hablar de los reformatorios, y de ninguna manera quisiera estar en uno. Tendríamos que ser ermitaños el resto de nuestra vida, y no ver a nadie excepto a Dally. Quizá nunca volviese a ver a Darry y a Sodapop. Ni a Two-Bit, ni a Steve. Estaba en el campo, pero sabía que no me iba a gustar tanto como había pensado. Hay cosas peores que ser un *greaser*.

Me encontré con un granjero curtido por el sol que conducía un tractor por la carretera. Le hice señas y se detuvo.

–¿Podría usted decirme dónde queda Jay Mountain? –le pregunté tan cortésmente como pude.

Señaló la carretera.

–Sigue bien el camino hasta aquella colina grande de allí. Ahí está. Qué, ¿de paseo?

–Sí señor –me las arreglé para parecer tímido–. Estamos jugando a batallas, y he de informar al cuartel general de allí.

Sé mentir tan bien que a veces me sorprendo a mí mismo; Soda dice que se debe a que leo demasiado. Pero Two-Bit también miente cada dos por tres, y no abre un libro en su vida.

–Los chicos son como son –dijo el granjero con una sonrisa, y me sonó tan rústico como Hank Williams. Siguió su camino y yo volví a donde Johnny.

Subimos por el camino hacia la iglesia, aunque estaba mucho más lejos de lo que parecía. A cada paso, el camino se hacía más empinado. Me sentía como si estuviera borracho –siempre me pasa cuando tengo sueño–, y cada vez me pesaban más las piernas. Imagino que Johnny tenía aún más sueño que yo; él se había quedado despierto en el tren para asegurarse de que nos bajábamos en el sitio correcto. Tardamos unos tres cuartos de hora en llegar hasta allí. Entramos por una de las ventanas de atrás. Era una iglesia pequeña, verdaderamente vieja, fantasmal y llena de telarañas. Me dio mala espina.

Ya había estado antes en una iglesia. Antes iba siempre, incluso después que murieran mamá y papá. Un domingo le dije a Soda que viniera con Johnny y conmigo. No quería venir a menor que viniera también Steve, y Two-Bit se apuntó también. Dally estaba durmiendo la resaca y Darry tenía que trabajar. Cuando íbamos Johnny y yo solíamos sentarnos en la parte de atrás, y procurábamos sacar algo del sermón y evitar a la gente, porque no íbamos vestidos para la ocasión. A nadie parecía importarle, y a Johnny y a mí nos gustaba ir de verdad. Pero aquel día... bueno, Soda no es capaz de estar sentado mucho tiempo viendo una película, y un sermón mucho menos. No pasó mucho tiempo antes de que Steve y Two-Bit empezaran a tirarse bolitas de papel y a hacer el payaso, y finalmente Steve tiró un misal que hizo un ruido de espanto –sin querer, por supuesto–. Todo el mundo se dio la vuelta para mirarnos, y Johnny y yo estuvimos a punto de meternos debajo del banco. Y en ese momento Two-Bit les saludó con la mano.

Desde entonces no había vuelto a la iglesia.

Pero aquella iglesia me daba una especie de culillo. ¿Cómo se llama? ¿Premonición? Me dejé caer en el suelo, y al punto decidí no volver a hacerlo. El suelo era de piedra, y de las duras. Johnny se estiró a mi lado, con la cabeza apoyada en el brazo. Empecé a decirle algo, pero me quedé dormido antes de que las palabras me salieran por la boca. Pero Johnny no se dio cuenta. También estaba dormido.

CAPÍTULO 5

Me desperté bien entrada la tarde. Durante un instante no supe dónde estaba. Ya sabes cómo te sientes cuando te despiertas en un lugar desconocido y te preguntas a dónde diablos has ido a parar, hasta que toda la memoria se te viene encima como una oleada. Medio me convencí de haber soñado todo lo que había ocurrido la noche anterior. Estoy en casa, de verdad, pensé. Es ya tarde y tanto Darry como Sodapop están levantados. Darry está preparando el desayuno, y dentro de un instante vendrán él y Soda a sacarme de la cama haciéndome cosquillas hasta que crea morir si no paran. Hoy nos toca a mí y a Soda lavar los platos después de comer, y después saldremos a jugar al fútbol. Johnny, Two-Bit y yo jugaremos con Darry, ya que Johnny y yo somos tan pequeños y Darry es el mejor jugador. Todo irá como en una mañana normal y corriente de fin de semana. Intentaba decirme todo esto mientras yacía sobre el frío suelo de piedra, envuelto en la chaqueta de Dally y escuchando bramar al viento entre las hojas secas de los árboles de afuera.

Finalmente dejé de engañarme y me puse en pie. Estaba tieso y dolorido por haber dormido en un suelo tan duro, pero en la vida había dormido tan profundamente. Aún estaba amodorrado. Me quité de un manotazo la chaqueta de Johnny, que a saber cómo me había caído encima, y parpadeé, a la vez que me rascaba la cabeza. Todo estaba terriblemente tranquilo, sin más que el viento azotando los árboles. De repente caí en la cuenta de que Johnny no estaba.

–¿Johnny? –llamé en voz alta, y el viejo maderamen de la iglesia me hizo eco, onny, onny... Miré alrededor desordenadamente, casi helado de pánico, pero entonces vi de refilón una escritura tortuosa sobre el polvo del suelo. *He ido a por provisiones. Vuelvo pronto. J. C.*

Suspiré, y me acerqué a la bomba a beber un poco. El agua que salía era como hielo líquido y tenía un curioso sabor, pero era agua. Me salpiqué la cara, lo cual me despertó rápidamente. Me sequé en la chaqueta de Johnny y me senté en los escalones de atrás. La colina sobre la que estaba la iglesia descendía abruptamente a unos cinco o seis metros de la puerta de atrás y se veía una extensión de millas y millas. Era como estar sentado en la cumbre del mundo.

Cuando no tienes nada que hacer, te pones a recordar, mal que te pese. Me fui acordando de todos y cada uno de los detalles de la noche, pero todo tenía la calidad irreal de un sueño. Parecían haber pasado muchas más que veinticuatro horas desde que Johnny y yo nos juntamos con Dally en la esquina de Picket y Sutton. Quizá fuera así. Quizás hacía una semana que Johnny se había ido y yo no había hecho otra cosa que dormir. Quizá ya lo habían capturado por todo el escándalo y estaba a la espera de la silla eléctrica, ya que nunca diría dónde estaba yo. Quizá Dally se había matado en un accidente de carro y nadie sabría nunca dónde estaba, y me moriría solo aquí arriba y me convertiría en un esqueleto. Mi hiperactiva imaginación me arrastraba de nuevo. Me corría el sudor por la cara y por la espalda, y estaba temblando otra vez. La cabeza me daba vueltas, así que me apoyé sobre la espalda y cerré los ojos. Supongo que era una especie de colapso retardado. Por fin se me tranquilizó el estómago y me relajé un poco, esperando que Johnny se acordase de traer cigarros. Estaba asustado, sentado allí yo solo.

Oí que alguien se acercaba por entre las hojas muertas hacia la parte trasera de la iglesia y me agazapé detrás de la puerta. Luego oí un silbido, bajo y prolongado, que terminó de repente en una nota más alta. Conocía ese silbido de sobra. Era el que usábamos nosotros y la pandilla de Shepard para decirnos: «¿Quién anda por ahí?». Lo devolví con cuidado y luego salí tan rápido de detrás de la puerta que tropecé en los escalones y quedé tendido justo a los pies de Johnny.

Me apoyé en los codos y le sonreí.

–Eh, Johnny. ¿Qué haces tú por aquí?

Me miró por encima de un paquete enorme.

–Te lo juro. Ponyboy, cada día te pareces más a lo que hace Two-Bit.

Intenté sin éxito levantar una ceja.

–¿Quién está actuando? –me di la vuelta y me levanté, feliz de ver a alguien allí al lado–. ¿Qué has traído?

–Ven adentro. Dally dijo que nos quedáramos dentro.

Entramos. Johnny quitó el polvo de una mesa con su chaqueta y empezó a sacar cosas del paquete y a alinearlas con sumo cuidado.

–Chucherías para una semana: dos barras de pan, una caja de fósforos… –Johnny siguió enumerando.

Me harté de verle hacerlo todo, así que metí la mano en el paquete.

–¡Uau! –me senté en una silla cubierta de polvo y me quedé mirando con la boca abierta–. ¡Una edición de bolsillo de *Lo que el viento se llevó*! ¿Cómo sabías que siempre he querido tenerlo?

Johnny se ruborizó.

–Me acordé de haberte oído decir algo. Y, además, tú y yo fuimos juntos a ver la peli, ¿te acuerdas? Se me ocurrió que quizá te apeteciera leer en voz alta y así matar el tiempo.

–¡Gracias! –dejé el libro sobre la mesa de mala gana. Quería empezar a leerlo ya–. ¿Agua oxigenada? Un mazo de cartas… –De repente me di cuenta de algo–. Oye, Johnny, no estarás pensando en…

Johnny se sentó y sacó la navaja.

–Nos vamos a cortar el pelo y tú te vas a teñir el tuyo –miró cuidadosamente al suelo–. Nuestras descripciones habrán salido en el periódico. Mejor cambiar de aspecto.

–¡Oh, no! –la mano se me fue al pelo–. No, Johnny, el mío no.

Era mi orgullo. Era largo y sedoso, igual que el de Soda, sólo que un poco más rojizo. Teníamos el pelo súper, no nos hacía falta echarnos mucha gomina. El pelo era también una etiqueta para los *greasers*; era como nuestra marca. Estábamos orgullosos de él. Quizá no tuviéramos Corvairs o camisas de algodón fino, pero teníamos el pelo.

–Tendremos que hacerlo de todas todas si nos pillan. Ya sabes que lo primero que ordena el juez es un buen corte de pelo.

–No entiendo por qué –dije amargamente–. Dally es capaz de zurrarle a cualquiera, incluso con pelo corto.

–Yo tampoco lo entiendo; es una forma de meternos en cintura. No pueden hacerles nada a tipos como Curly Shepard o a Tim; ya lo han intentado todo con ellos. Y no pueden quitarles nada, porque, para empezar, no tienen nada. Así que les cortan el pelo.

Miré a Johnny con ojos de cordero degollado. Johnny suspiró.

–Yo también voy a cortármelo y a quitarme la gomina, pero no puedo aclarármelo. Soy demasiado oscuro de piel como para tener el pelo rubio. Vamos, Ponyboy –suplicó–. Ya te crecerá.

–De acuerdo –dije, con los ojos como platos–. Acabemos cuando antes.

Johnny sacó la cuchilla de su navaja, me agarró un mechón y empezó a segar.

–Muy corto no –le rogué–. Johnny, por favor…

Por fin terminó. Mi pelo tenía un aspecto de lo más curioso, todo esparcido por el suelo en mechones.

–Es más ligero de lo que creía –dije a la vez que lo examinaba–. ¿Puedo verme ahora cómo he quedado?

–No –dijo Johnny muy despacio según me miraba fijamente–. Antes tenemos que aclararlo.

Después que estuve sentado al sol durante quince minutos para que se secara, Johnny me dejó mirarme en un viejo pedazo de espejo que habíamos encontrado en un retrete. Me tuve que mirar dos veces. Mi pelo era incluso más ligero que el de Sodapop. Nunca me lo había peinado hacia un lado, así. Simplemente, no parecía yo. Me hacía parecer más joven, y también más guapo. ¡Buah!, pensé, esto sí que me da un aire súper. Parezco un condenado maricón. Me sentí hecho polvo.

Johnny me alargó la navaja. Parecía asustado también él.

–Córtame por delante, y el resto descárgalo sólo un poco. Ya me lo peinaré después de lavármelo.

–Johnny –le dije cansinamente–, no puedes lavarte el pelo con ese agua helada. Te cogerás un catarro.

Se encogió de hombros.

–Dale, córtamelo.

Lo hice lo mejor que pude. Él se lo arregló a su manera y se lo lavó con la pastilla de jabón que había traído. Me alegró haber tenido que escaparme con él en vez de con Two-Bit o Steve o Dally. Eso era algo en lo que nunca se les ocurriría ni siquiera pensar, jabón. Le di la chaqueta de Dally para que se envolviera en ella y se sentó al sol sobre los escalones de atrás, temblando, apoyado contra la puerta, mientras se peinaba. Por primera vez vi que tenía cejas. No parecía Johnny. Tenía la frente más blanca allí donde antes le caían los mechones; habría sido divertido si él no hubiese estado tan aterrorizado. Aún seguía estremeciéndose de frío.

–Supongo –dijo débilmente–, supongo que estamos disfrazados.

Me apoyé hoscamente contra él.

–Supongo que sí.

–Bah, joder –dijo con falso buen humor–, no es más que pelo.

–Ni de vainas –le solté–. Me ha costado mucho tiempo conseguir tener el pelo como lo quería. Y, además, no sólo somos nosotros. Esto es como estar disfrazado para la noche de Halloween y no poder salir del disfraz.

–Bueno, pues habrá que acostumbrarse –dijo Johnny terminantemente–. Tenemos un lío de mucho cuidado entre manos, y es o nosotros o nuestro aspecto.

Me puse a comer una chocolatina.

–Todavía estoy cansado –dije. Para mi sorpresa, el suelo se me desdibujó delante de los ojos y sentí que me corrían las lágrimas por las mejillas. Me las froté apresuradamente. Johnny tenía una pinta tan triste como la mía.

–Siento mucho haberte cortado el pelo, Ponyboy.

–No, no es eso –dije entre mordiscos de chocolate–. O por lo menos, no del todo. Sólo es que me siento como un espíritu. No entiendo qué está ocurriendo. Estoy hecho un lío.

–Ya lo sé –dijo Johnny mientras le castañeteaban los dientes al entrar–. Las cosas han ocurrido demasiado aprisa…

Le puse el brazo sobre los hombros para animarle.

–Two-Bit tendría que haber estado en esa tiendecilla. Mira, estamos en medio y medio de ninguna parte; la casa más cercana está a dos millas. Las cosas estaban allí encima, al alcance de la mano, a la espera de que apareciese alguien tan rápido como Two-Bit para cogerlas y llevárselas. Podría haber salido de allí con media tienda encima –se echó hacia atrás, a mi lado; sentía cómo temblaba–. El bueno de Two-Bit –dijo con voz estremecida. Debía estar tan nostálgico como yo.

–¿Te acuerdas de lo bromista que estaba anoche? –dije–. Anoche… Anoche estábamos con Cherry y con Marcia, camino de la casa de Two-Bit. Anoche estábamos tumbados en el solar, mirando las estrellas soñando…

–¡Para! –masculló Johnny por entre sus dientes apretados–. Deja de hablar de ayer por la noche. Ayer por la noche maté a un muchacho. No tendría más de diecisiete o dieciocho años y yo le maté. ¿Cómo te las arreglas para seguir viviendo con una cosa así? –lloraba.

Lo abracé igual que lo abrazó Soda la noche que le encontramos en el solar.

–Yo no quería hacerlo –explotó al fin–, pero te estaban ahogando, y estaba asustado… –se estuvo tranquilo durante un minuto–. Seguro que hay mucha gente manchada de sangre.

Se puso en pie de repente y empezó a pasear de acá para allá, dándose palmadas en los bolsillos.

–¿Qué diablos vamos a hacer? –para ese momento yo ya estaba llorando. Oscurecía y tenía frío y me sentía solo. Cerré los ojos y apoyé atrás la cabeza, pero de una u otra forma me llegaban las lágrimas.

–Es culpa mía –dijo Johnny con la voz llena de tristeza. Había dejado de llorar cuando empecé yo–. No tenía que haberme traído a un niño de trece años. Tienes que volver a casa. No debes meterte en líos. Tú no le mataste.

–¡No! –le grité–. ¡Tengo catorce! ¡Hace más de un mes que tengo ya catorce! Y estoy tan metido en esto como tú. Dejaré de llorar ahora mismo… es que no puedo evitarlo.

Se dejó caer a mi lado.

–No quería decir eso, Ponyboy. No llores, Pony, todo se arreglará. No llores… –me apoyé contra él y sollocé hasta quedarme dormido.

Me desperté en medio de la noche. Johnny descansaba apoyado contra la pared y yo dormía sobre su hombro.

–¿Johnny? –bostecé–. ¿Estás despierto? –tenía un agradable calorcillo y bastante sueño.

–Sí –dijo muy bajo.

–No vamos a llorar más, ¿vale?

–Vale. Ya hemos llorado más que de sobra. Ya nos hemos hecho a la idea. A partir de ahora las cosas van a ir bien.

–Eso es lo que pensé –dije somnoliento. Entonces, por primera vez desde que Dally y yo nos sentamos detrás de aquellas chicas en el Nightly Double, me relajé. Ahora podía enfrentarme a lo que estuviese por venir.

Los cuatro o cinco días siguientes fueron los más largos de mi vida. Matábamos el tiempo leyendo *Lo que el viento se llevó* y jugando al póquer. A Johnny le gustaba el libro un montón, aunque no tenía la menor idea sobre la guerra civil y menos aún sobre las plantaciones, y tuve que explicarle muchas cosas. Me dejaba boquiabierto cómo Johnny era capaz de extraer más significado de parte de la lectura que yo mismo, y eso que se suponía que yo era el enterado. Johnny había repetido un curso y nunca sacaba buenas notas; no podía pillar nada que se le mostrase demasiado de prisa, e imagino que sus profesores le tenían por retrasado. Pero no lo era. Simplemente le costaba más tiempo entender las cosas y, una vez entendidas, le gustaba explorarlas. Se había quedado, sobre todo, con el caballero sureño; le impresionaban sus modales y su encanto.

–Me juego lo que quieras a que eran gente fenomenal –dijo con los ojos brillantes, después de que yo le leyera la parte en que cabalgan hacia una muerte segura sólo porque eran galantes–. Me recuerdan a Dally.

–¿Dally? –dije sorprendido–. Pero si Dally no tiene mejores modales que yo. Y ya viste qué manera de tratar a las chicas la otra noche. Soda se parece más a los tipos del Sur.

–Sí, en los modales un poco, y en eso del encanto también, digo yo –dijo Johnny lentamente–, pero una noche vi cómo a Dally se lo llevaban los de la ley y estuvo todo el rato tranquilo del todo. Lo pillaron por romper las ventanas del edificio de la escuela, y el que lo hizo fue Two-Bit. Y Dally lo sabía. Pero no hizo más que oír la sentencia sin parpadear ni intentar negarlo. Eso sí que fue galante.

Fue entonces cuando por primera vez me di cuenta de lo mucho que Johnny adoraba a su héroe Dally Winston. De todos nosotros, a mí Dally era el que menos me gustaba. No tenía la comprensión o el arrojo de Soda, ni el humor de Two-Bit, ni las cualidades de supermán de Darry.

Pero me di cuenta de que estos tres me atraían porque eran un poco como los héroes de las novelas que yo leía. Dally era de verdad. Me gustaban mis libros, mis nubes y mis puestas de sol. Dally era tan de verdad que me espeluznaba.

Johnny y yo nunca nos acercábamos a la parte delantera de la iglesia. El frente se podía ver desde la carretera y a veces los chicos de las granjas cabalgaban por allí camino de la tienda. Así que nos quedábamos en la parte de atrás, sentados por lo general en los escalones y contemplando el valle. Se veía desde allí una extensión de millas; se veía la cinta de la autopista y las pequeñas manchas que eran las casas y los carros. No se podía ver el atardecer, ya que daba al este, pero me encantaba mirar los colores de los campos y las suaves sombras del horizonte.

Una mañana me desperté antes de lo habitual. Johnny y yo dormíamos acurrucados juntos para darnos calor; Dally tenía razón cuando dijo que aquí arriba haría frío de verdad. Con cuidado de no despertar a Johnny, fui a sentarme en los escalones y a fumar un cigarro. Entraba el amanecer. Toda la parte baja del valle estaba cubierta de niebla y, a ratos, algunos pedazos se desprendían de ella y flotaban formando nubecitas. El cielo estaba despejado por el este y el horizonte era una línea delgada. Las nubes viraban del gris al rosa, y la neblina estaba teñida de oro. Hubo un momento completamente silencioso, en que todas las cosas contuvieron la respiración, y justo después salió el sol. Era hermoso.

–¡Uau! –la voz de Johnny a mi lado me hizo pegar un brinco–. Eso sí que es bonito.

–Sí –suspiré, deseando tener algo de pintura para hacer un dibujo mientras tuviera aún fresca la visión en la mente.

–La neblina era lo más bonito –dijo Johnny–, toda oro y plata.

–Uhmmmm –dije, mientras intentaba hacer un aro con el humo.

–Una pena que no pueda estar ahí todo el tiempo.

–Nada dorado puede permanecer –me acordé de un poema que había leído una vez.

–¿Qué?

–De la naturaleza el primer verde es oro
Su matiz más difícil de asir;
Su más temprana hoja es flor,
Pero por una hora tan sólo.
Luego la hoja es hoja queda.
Así se abate el Edén de tristeza,
Así se sume en el día el amanecer.
Nada dorado puede permanecer.

Johnny se había quedado mirándome fijamente.

–¿De dónde has sacado eso? Es justamente lo que yo intentaba decir.

–Lo escribió Robert Frost. Quiso decir más de lo que yo he dicho –traté de reconocer la intención que el poeta tuvo en mente, pero se me escapaba–. Siempre lo recuerdo, pues nunca termino de saber qué quiso decir.

–¿Sabes? –dijo Johnny lentamente–. No me había fijado en los colores y las nubes y en todas esas cosas hasta que tú me las hiciste ver. Es como si antes no hubieran estado ahí –se paró a pensar un instante–. Tu familia sí que es curiosa.

–¿Y qué te parece tan curioso de ella? –le pregunté con frialdad.

Johnny me miró rápidamente.

–Oye, no iba con mala idea. Quería decir que, bueno, Soda se parece bastante a tu madre, pero se comporta exactamente igual que tu padre. Y Darry es una copia de tu padre, pero no anda de buen humor y listo a reírse, tal como él hacía. Se comporta como tu madre. Y tú no actúas como ninguno de ellos.

–Lo sé. Bueno –dije mientras lo pensaba más detenidamente–, tú tampoco eres como ningún otro de la pandilla. Es decir, a Two-Bit, o a Steve o a Darry no podría hablarles del amanecer y de las nubes y de todas esas cosas. Cuando estoy con ellos ni siquiera se me pasa por la cabeza ese poema. Quiero decir, pura y simplemente, que ellos no entienden. Sólo tú y Sodapop. Y puede que Cherry Valence.

Johnny se encogió de hombros.

–Sí –dijo con un suspiro–. Mucho me temo que somos distintos.

–Oye –dije, a la par que exhalaba un perfecto aro de humo–, quizás *ellos* lo sean.

El quinto día estaba ya tan harto de chucherías que casi me mareaba cada vez que las veía. Todas las chocolatinas nos las habíamos comido los dos primeros días. Me moría de ganas por probar una Pepsi. Soy lo que se podría considerar un adicto a la Pepsi. Me la bebo como un fanático, y pasar cinco días sin probarla me estaba matando. Johnny prometió traer alguna si nos quedásemos sin provisiones y hubiera que ir a por más, pero eso de poco servía en aquel momento. Fumaba mucho más de lo habitual –imagino que porque era algo con lo que entretenerse–, a pesar de que Johnny me advirtió que me pondría enfermo si fumaba tanto. Teníamos mucho cuidado con los cigarros; si aquella iglesia se prendiese fuego no habría modo de detenerlo.

En el quinto día había leído hasta el cerco que Sherman pone a Atlanta en *Lo que el viento se llevó*, le debía ciento cincuenta billetes a Johnny por las partidas de póquer, fumaba dos paquetes diarios de Camel y, tal como Johnny había predicho, me puse enfermo. No comí nada en todo el día, y fumar con el estómago vacío no es algo que haga sentirse precisamente como la seda. Me acurruqué en una esquina para dormir y quitarme todo aquel humo. Estaba a punto de quedarme dormido cuando oí, como desde muy lejos, un silbido bajo y prolongado que subió de repente a una nota más alta. Estaba demasiado somnoliento para prestar atención, aunque Johnny no tenía ninguna razón para silbar así. Estaba sentado en los escalones de atrás y procuraba leer *Lo que el viento se llevó*. Casi había decidido ya que todo el mundo exterior era parte de un sueño y que lo único real eran los bocados de chucherías y la guerra civil y la vieja iglesia y la neblina sobre el valle. Me daba la impresión de haber vivido siempre en la iglesia, o quizá de haber vivido durante la guerra civil y de haber sido trasplantado de algún modo. Esto te da una idea de la salvaje imaginación que tengo.

Un pie me cosquilleó en las costillas.

–¡Uau! –dijo una voz ruda, pero familiar–, pareces otro con ese pelo.

Me di la vuelta y me senté, frotándome el sueño de los ojos y bostezando. De repente parpadée.

–¡Eh, Dally!

–¡Eh, Ponyboy! –me sonrió–. ¿O debería decir Bella Durmiente?

Nunca se me ocurrió que viviría hasta el día en que me alegrase tantísimo de ver a Dally Winston, pero en ese instante verle quería decir una cosa: contacto con el mundo exterior. Y éste, de repente, se convirtió en algo verdadero y vital.

–¿Cómo está Sodapop? ¿Está la poli tras de nosotros? ¿Está bien Darry? ¿Saben los chicos dónde estamos? ¿Qué…?

–Un momento, nene –saltó Dally–. No puedo responder a todo eso de golpe. ¿No os apetece comer algo antes? No he desayunado, y me muero de hambre.

–¿Qué estás muerto de hambre? Johnny estaba tan indignado que a poco más se pone a chillar. Me acordé de las chucherías.

–¿Se está a salvo fuera? –pregunté ansiosamente.

–Sí –Dally se hurgó el bolsillo de la camisa en busca de un cigarro. Al no encontrar ninguno, dijo–: ¿Me aceleras el cáncer, Johnnycake?

Johnny le tiró por el aire un cartón entero.

–La ley no os busca por estos alrededores –dijo Dally a la vez que encendía un cigarrillo–. Cree que os habéis escapado a Texas. Tengo el carro de Buck parqueado en la carretera, un poco más abajo. Dios santo, chicos, ¿no habéis comido nada?

Johnny pareció sorprendido.

–Claro. ¿Qué te hace pensar que no?

Dally sacudió la cabeza.

–Estáis los dos pálidos y habéis perdido peso. Después de esto más os vale tomar un poco el sol. Parece como si os hubiesen encerrado.

A punto estaba de decirle «Mira quién fue a hablar», pero me pareció mejor no hacerlo. A Dally le hacía falta un afeitado –un rastrojo de barba incolora le cubría la mandíbula– y parecía más bien como si él hubiese estado durmiendo una semana vestido y en el suelo, en vez de nosotros; sabía de sobra que no había pisado la barbería hacía meses. Pero era preferible no ponerse bocón con Dally Winston.

–Eh, Ponyboy –se revolvió los bolsillos y sacó un pedazo de papel del bolsillo trasero–, tengo una carta para ti.

–¿Una carta? ¿De quién?

–¿De quién va a ser? Del presidente, idiota. Toma; es de Soda.

–¿De Sodapop? –dije, desconcertado–. Pero, ¿cómo ha sabido…?

–Hace un par de días vino a buscar no sé qué donde Buck y encontró tu jersey. Le dije que no sabía dónde estabas, pero no me creyó. Me dio esta carta y la mitad de su sueldo para que te lo diera. Chico, tendrías que ver a Darry. Se lo está tomando pero que muy a pecho…

No le escuchaba. Me apoyé conta la pared y leí:

Ponyboy,

Imagino que te has metido en un buen lío, ¿eh? Darry y yo estuvimos a punto de volvernos locos cuando te marchaste de aquella manera. Darry siente muchísimo haberte pegado. Ya sabes que no lo hizo adrede. Y entonces va y resulta que faltáis Johnny y tú y, además, aparece ese chico muerto en el parque y a Dally lo meten en la cana; bueno, nos asustamos un montón. Vino la Policía a preguntarnos y les dijimos tanto como pudimos. No puedo creer que el pequeño Johnny sea capaz de matar a nadie. Sé que Dally sabe dónde estáis, pero ya le conoces. Mantiene la boca bien cerrada, no me dirá nada. Darry no tiene la menor idea de dónde estáis, y eso lo está matando. Ojalá volvierais y os entregaseis, pero ya imagino que no podéis, pues a Johnny podría salirle mal. Desde luego que sois famosos. Hasta salisteis en un párrafo del periódico. Cuídate y saluda a Johnny de nuestra parte.

Sodapop Curtis.

Podría mejorar su redacción, pensé después de haberla leído cuatro o cinco veces.

–¿Cómo es que te detuvieron? –le pregunté a Dally.

–Pues, nene –sacó a relucir su sonrisa lobuna–, esos tipos de la Comisaría me conocen bien, a estas alturas. Me detienen por cualquier cosa que ocurra en nuestra parcela. Mientras me tuvieron allí dejé caer, como quien no quiere la cosa, que estabais ya camino de Texas. Así que por ahí andan buscando.

Le pegó una calada al cigarro y lo maldijo de buen humor por no ser un Kool. Johnny le escuchaba con admiración.

–Qué bien sabes soltar palabrotas, Dally.

–Desde luego que sí –Dally estuvo de acuerdo de todo corazón, orgulloso de su vocabulario–. Pero a vosotros, nenes, más vale que no se os ocurra copiar mis malos modos –me dio un tapón en la cabeza–. Chico, te juro que no pareces tú sin tu pelo. Antes te quedaba súper. Tú y Soda teníais el pelo más fenómeno de toda la ciudad.

–Lo sé –dije con amargura–. Tengo un aspecto lamentable, pero deja de darle vueltas.

–Bueno, ¿les apetece comer algo o no?

Johnny y yo pegamos un brinco.

–Más vale que os lo creáis.

–Joder–dijo Johnny ilusionado–, qué bien me va a sentar meterme en un carro.

–Mira –Dally arrastró las palabras–, te daré un paseo por el valor de toda tu plata.

A Dally siempre le ha gustado conducir deprisa, como si no le importase ni un bledo llegar a donde quiera que fuese, y bajamos la carretera roja y sucia de Jay Mountain a ciento ochenta por hora. A mí me gusta ir deprisa, y a Johnny le encantan las carreras de *drags*, pero los dos nos pusimos más blancos que la leche cuando Dally tomó una curva sobre dos ruedas y con los frenos a todo chirriar. A lo mejor fue por no haberme montado en carro desde hacía tanto tiempo.

Nos paramos en un Dairy Queen y lo primero que pedí fue una Pepsi. Johnny y yo nos atracamos de sándwiches de barbacoa y *banana splits*.

–¡Joder! –dijo Dallas, atónito, al vernos engullir todo aquello–. No es necesario que os traguéis cada bocado como si fuera el último. Tengo un montón de pasta. Comed despacio, no vayáis a marearos. ¡Y yo que creía tener hambre!

Johnny, simplemente, comía más rápido. Yo no paré hasta que empezó a dolerme la cabeza.

–Aún no os he dicho una cosa –dijo Dally acabando su tercera hamburguesa–. Los *socs* y nosotros tenemos armada la guerra por toda la ciudad. El nene que matasteis tenía un montón de amiguetes, y por todas partes es *soc* contra *greaser*. No podemos ir por ahí solos. Ahora llevo una pistola...

–¡Dally! –dije, aterrorizado–. ¡Con una pistola puedes matar a alguien!

–¿Y qué? Vosotros os lo hacéis con un cuchillo, ¿no, Ponyboy? –dijo Dally con voz endurecida. Johnny tragó saliva–. No preocuparos –siguió Dally–, no está cargada. No tengo ningunas ganas de que me trinquen por asesinato. Pero sirve para espantar al personal. La pandilla de Tim Shepard y nuestro equipo tenemos una con los *socs* mañana por la noche en el solar. Ligamos al presidente de uno de sus clubs sociales y tuvimos un consejo de guerra. Si –suspiró Dally, y supe que se acordaba de Nueva York–, igual que en los viejos tiempos. Si ganan ellos, las cosas siguen como están. Si ganamos nosotros, ellos permanecen fuera de nuestro territorio, pero bien. A Two-Bit lo asaltaron hace un par de días. Darry y yo llegamos a tiempo, aunque no tuvo muchos problemas. Two-Bit es un buen luchador. Eh, no os he dicho tampoco que tenemos un espía.

–¿Un espía? –Johnny levantó la vista desde su *banana split*–. ¿Quién?

–Esa putita tan guapa que intenté hacerme la noche que matasteis al *soc*. La pelirroja, Cherry como–se–llame.

CAPÍTULO 6

Johnny se quedó boquiabierto y a mí a poco se me cae la crema con chocolate caliente.

–¿Cherry? –dijimos los dos a la vez–. ¿La *soc*?

–Sí –dijo Dally–. Se acercó por el solar la noche que asaltaron a Two-Bit. Shepard y algunos de su equipo y nosotros estábamos por allí cuando va y aparece ella en su viejo Sting Ray. Le tuvo que hacer falta valor. Algunos estábamos ya por asaltarla allí mismo, pues por algo era la chica del chico muerto y todo eso, pero Two-Bit nos lo impidió. Oye, la próxima vez que quiera una puta la voy a escoger de mi clase.

–Sí –dijo Johnny muy despacio, y me pregunté si, como yo, se acordó de otra voz, también dura con hombría, que dijo «La próxima vez que os apetezca una puta, escogedla de vuestra propia clase». Me dio un escalofrío.

Dally siguió hablando:

–Dijo que creía que toda la bronca era culpa suya, lo cual es cierto, y que estaba dispuesta a mantenerse a la altura de las circunstancias, una vez que los *socs* se habían metido a pelear, y que testificaría que los *socs* estaban borrachos y que buscaban pelea, y que vosotros peleasteis en defensa propia –soltó una risa socarrona–. Esa cría me odia de verdad. Me ofrecí a llevarla al Dingo a tomar una coca y me contestó «no, gracias», y me dijo adónde podía irme de manera muy cortés.

Temía enamorarse de ti, pensé. Vaya, así que Cherry Valance, la porrista, la chica de Bob, la *soc*, quería ayudarnos. No, no era Cherry la *soc* la que quería ayudarnos, era Cherry la soñadora, la que miraba los atardeceres y era incapaz de soportar una pelea. Era difícil de creer que una *soc* nos ayudase, incluso una *soc* a la que le gustaran los atardeceres. Dally no se dio cuenta. Ya lo había olvidado.

–Oye, este sitio es una basura. ¿Qué hacen aquí para entretenerse, jugar a las damas o qué? –Dally echó un vistazo sin poner interés–. Nunca había estado en el campo. ¿Vosotros?

Johnny negó con la cabeza y yo dije:

–Papá nos solía llevar de caza. Sí que he estado en el campo. ¿Cómo sabías entonces que existía esta iglesia?

–Tengo un primo que debe vivir por aquí cerca. Fue él quien me dijo que serviría de escondrijo súper por si acaso. Eh, Ponyboy, he oído que eras la mejor escopeta de la familia.

–Sí –dije–, aunque Darry era el que más patos tumbaba. Él y papá. Soda y yo andábamos por ahí, un poco asustados del juego –no podía decirle a Dally que odiaba disparar. Pensaría que soy un blandengue.

–Fue buena idea, quiero decir cortarte el pelo y aclarártelo. Salieron vuestras descripciones en el periódico, pero ahora, desde luego que no cuadráis.

Johnny se había dedicado a terminar tranquilamente su quinto sándwich de barbacoa, pero de repente anunció:

–Vamos a volver y a entregarnos.

Ahora le tocó a Dally quedarse pasmado. Luego soltó unas cuantas palabrotas. Después se volvió a Johnny y le preguntó:

–¿Qué?

–He dicho que vamos a volver y a entregarnos –repitió Johnny con voz tranquila.

Me sorprendió, pero no me dejó pasmado. Había pensado en entregarnos cientos de veces, pero por lo visto, a Dallas la idea le dio una sacudida.

–Tengo posibilidades de que me suelten con facilidad –dijo Johnny a la desesperada, y yo no supe muy bien si intentaba convencer a Dallas o a sí mismo–. La poli no me tiene fichado, y fue en defensa propia. Ponyboy y Cherry pueden testificar. Y no tengo ninguna intención de pasarme la vida en esa iglesia.

Ese fue todo un discurso para Johnny. Sus grandes ojos negros se abrieron más que nunca al pensar en la Comisaría, pues Johnny les tenía un miedo mortal a los polis, pero prosiguió:

–No diremos que nos ayudaste, Dally, te devolveremos la pistola y lo que quede de dinero, y diremos que volvimos a dedo para no meterte en líos. ¿Vale?

Dally mascaba la esquina de su carné de identidad, en el que ponía que tenía veintiuno, para poder comprar alcohol.

–¿Estás seguro de que quieres volver? Nosotros los *greasers* lo tenemos más crudo que nadie.

–Estoy seguro. No es justo que Ponyboy tenga que quedarse en esa iglesia con Darry y Soda preocupados por él todo el tiempo. Supongo que… –tragó con dificultad y procuró no parecer ansioso–. Supongo que mis padres no estarán preocupados por mí ni nada por el estilo, ¿no?

–Los chicos están preocupados –dijo con tono flemático–. Two-Bit iba a ir a Texas a buscarte.

–Mis padres –repitió Johnny tenazmente–. ¿Han preguntado por mí?

–No –le soltó Dally–. Mierda, Johnny, ¿ellos qué importan? Mira, a mi viejo le importa un comino que esté en la cana o que me haya matado en un accidente o que esté borracho en el arroyo. Y eso me importa un huevo.

Johnny no dijo nada, pero se quedó mirando el salpicadero del carro con un desconcierto tan dolido que podría haberme puesto a gritar.

Dally juró entre dientes y a punto estuvo de arrancar la palanca de cambios según salimos zumbando del Dairy Queen. Sentí pena de Dally. Quiso decir lo que dijo cuando comentó que sus padres le importaban un huevo. Pero él y el resto de la pandilla sabían que a Johnny sí que le importaban, y hacían todo lo posible por consolarle. No sé como le sentaría a Johnny, tal vez ese aire de muñeco perdido y esos ojazos grandes y asustadizos eran lo que hacían de cualquiera una especie de hermano mayor suyo. Pero nadie podía, por mucho que lo intentase, sustituir a sus padres. Pensé en ello un minuto: Darry y Sodapop eran mis hermanos, y yo los quería a los dos, aunque Darry me aculillara, pero ni el propio Soda podría ocupar el lugar de mamá y papá. Y además eran mis hermanos de verdad, no unos de adopción. No cabía duda de que Johnny estaba dolido porque sus padres no le querían. A Dally le daba igual; Dally era de la raza de los que todo les da igual, porque era duro y agresivo, y aunque no lo fuese podía hacer gala de duro. Johnny era un buen luchador y podía hacérselo fenómeno, pero era sensible, y esa no es una buena manera de ser cuando se es un *greaser*.

–Mierda, Johnny –gruñó Dally mientras subíamos a toda pastilla por la carretera roja–, ¿por qué no se te ocurrió entregarte hace cinco días? Nos habríamos ahorrado muchos problemas.

–Estaba asustado –dijo Johnny con convicción–. Aún lo estoy –se pasó el dedo por una de sus cortas patillas negras–. Me temo que nos hemos fastidiado el pelo total para nada, Ponyboy.

–Eso creo –me alegraba estar de vuelta. Estaba asqueado de esa iglesia. Me daba lo mismo estar calvo.

Dally estaba ceñudo, y por experiencia propia y dolorosa sabía que era mejor no hablarle cuando los ojos le relampagueaban así. Prefería que no me soltase un par de coscorrones. Eso había ocurrido antes, igual que les había ocurrido a los de la pandilla en una u otra ocasión. Rara vez nos peleábamos entre nosotros; Darry era el líder oficioso porque sabía serlo, Soda y Steve eran los mejores amigos ya desde cuando iban a la escuela, y nunca peleaban, y Two-Bit era simplemente demasiado perezoso para discutir con nadie. Johnny sabía mantener la boca cerrada demasiado bien como para meterse en discusiones, y nadie peleaba nunca con Johnny. También yo sabía cerrar la boca. Pero Dally era harina de otro costal. Si algo le molestaba no se mordía la lengua, y si le hacías cosquillas en el momento menos oportuno, cuidado. Ni siquiera Darry quería vérselas con él. Era peligroso.

Johnny estaba allí sentado y se miraba las puntas de los pies. No podía soportar que cualquiera de nosotros estuviera de mala leche con él. Parecía terriblemente triste. Dally le miró por el rabillo del ojo. Yo miraba por la ventana.

–Johnny –dijo Dally con una voz aguda, de súplica, en un tono que yo nunca le había oído antes–, Johnny, no estoy cabreado contigo. Es que no quiero perjudicarte. No sabes cómo te pueden sentar unos cuantos meses en la cana. Mierda, Johnny –se apartó el pelo rubio de los ojos–, en la cárcel te endureces. No quiero que eso te pase a ti, como me ha pasado a mí…

Seguí mirando fijamente por la ventana cómo pasaba a toda velocidad el paisaje, pero sentí que los ojos se me ponían como platos. Dally nunca hablaba así. Nunca. A Dally todo y todos, excepto él mismo, le importaban un comino, y era frío y duro y malo. Nunca hablaba así de su pasado, o de cuando estuvo en la cana; si hablaba de eso era para fanfarronear. Y de repente pensé en Dally… en la cana a los diez años… en Dally, creciendo en las calles…

–¿Preferirías que estuviera viviendo en escondrijos el resto de mi vida, huyendo siempre? –preguntó Johnny con toda seriedad.

Si Dally hubiese dicho que sí, Johnny habría vuelto a la iglesia sin dudarlo un instante. Se hacía a la idea de que Dally sabía más que él, y la palabra de Dally era la ley. Pero nunca llegó a escuchar la respuesta de Dally, pues llegamos a la cumbre de Jay Mountain y de repente Dally clavó los frenos y se quedó mirando.

–¡Joder! –murmuró. La iglesia estaba ardiendo.

–Vamos a ver qué pasa –dije, saltando fuera del carro.

–¿Para qué? –Dally parecía estar irritado–. Vuelve adentro antes de que te rompa la cabeza.

Sabía que Dally tendría que parquear el carro y pillarme antes de llevar a cabo su amenaza, y Johnny ya estaba siguiéndome, así que me sentí a salvo. Le oímos maldecirnos, pero no estaba suficientemente cabreado como para seguirnos. Había una multitud delante de la iglesia, mayormente chicos, y me pregunté cómo habrían llegado allí tan rápido. Le di un golpecito al adulto más cercano.

–¿Qué pasa?

–Bueno, no tengo la menor idea –dijo el hombre con una sana sonrisa–. Estábamos aquí de excursión y de repente nos enteramos de que la iglesia estaba ardiendo. Gracias a Dios estamos en la estación húmeda, y además esa ruina no vale nada –después le gritó a los niños–: apartaos, niños. Pronto vendrán los bomberos.

–Me juego lo que quieras a que lo prendimos nosotros –le dije a Johnny–. Hemos debido dejar una colilla encendida.

Más o menos entonces, llegó corriendo una señora.

–Jerry, faltan algunos niños.

–Estarán por los alrededores. No se puede saber con todo este jaleo dónde están.

–No –sacudió la cabeza–. Faltan por lo menos desde hace media hora. Pensé que estaban subiendo a la colina…

Entonces todos nos quedamos helados. Débilmente, sólo débilmente, se oía aullar a alguien. Y sonaba como si viniera de dentro de la iglesia.

La mujer se puso blanca.

–Les dije que no jugaran en la iglesia… Se los dije… –parecía estar a punto de ponerse a chillar, así que Jerry la sacudió.

–¡Los sacaré, no te preocupes! –eché a correr hacia la iglesia, y el hombre me cogió por el brazo.

–Yo los sacaré. Vosotros, apartaos.

Me sacudí para soltarme y seguí corriendo. Todo lo que me venía a la cabeza era: nosotros lo prendimos. Nosotros lo prendimos. ¡Nosotros lo prendimos!

No pensaba entrar por aquella puerta en llamas, así que tiré un pedrusco contra una ventana y entré por ella. Fue un milagro que no me cortara todo entero, ahora que lo pienso.

–Eh, Ponyboy.

Miré alrededor, asombrado. No me había dado cuenta de que Johnny había estado todo el tiempo detrás de mí. Respiré hondo y empecé a toser. El humo se me metía en los ojos, que empezaron a llorarme.

–¿Viene también ese tipo?

Johnny sacudió la cabeza.

–Se quedó en la ventana.

–¿Asustado?

–Qué va… –Johnny me sonrió–. Demasiado gordo.

No me eché a reír por temor a asfixiarme. El rugir y el crepitar crecía, y Johnny gritó la siguiente pregunta:

–¿Dónde están los niños?

–En la parte de atrás, supongo –berreé, y avanzamos dando tumbos a través de la iglesia. Debería asustarme, pensé con una sensación extrañamente descarnada, pero no lo estoy. Las cenizas y las ascuas nos caían encima, y pinchaban como hormigas. De repente, entre el rojo resplandor y la neblina, recordé haberme preguntado cómo se sentiría uno al quemarse, y pensé: Ahora ya lo sé, es un infierno rojo. ¿Por qué no estoy asustado?

Abrimos a golpes la puerta que daba al cuarto trasero y allí vimos a cuatro o cinco niños, de ocho años o quizá menos, acurrucados en una esquina. Uno chillaba como un condenado, y

Johnny le gritó: «¡Cállate! ¡Te vamos a sacar de aquí!». El niño pareció sorprenderse y dejó de chillar. Yo mismo parpadeé; Johnny no estaba comportándose como él mismo. Miró por encima del hombro y vio que la puerta estaba bloqueada por las llamas, empujó la ventana y echó volando al niño más cercano. Le miré rápidamente a la cara: la tenía roja de las ascuas que le caían encima y chorreaba sudor, pero me sonreía. Tampoco estaba asustado. Creo que es la única vez que le he visto sin esa mirada de derrota y recelo en los ojos. Parecía estar pasándoselo en grande.

Cogí a un niño, y me mordió, pero lo saqué por la ventana y lo dejé caer tan amablemente como pude en tales circunstancias, con aquella prisa. Para entonces había allí fuera una multitud. Dally estaba entre ellos, y cuando me vio me gritó:

–¡Por lo que más quieras, sal de ahí! El techo se va a venir abajo de un momento a otro. ¡Olvídate de esos malditos niños!

No le presté atención, aunque algunos trozos de la vieja techumbre caían ya demasiado cerca como para estar cómodo. Agarré a otro niño con la esperanza de que no me mordiese y lo eché por la ventana sin pararme a mirar si caía bien o no. Tosía tanto que apenas podía seguir en pie; deseé tener tiempo para quitarme la chaqueta de

Dally. Sacamos al último chico justo en el momento en que la parte delantera de la iglesia se venía abajo. Johnny me empujó hacia la ventana.

–¡Sal!

Salté por la ventana y oí crujir el maderamen y las llamas rugir justo detrás de mí. Me tambaleé, a punto de caerme, tosiendo y boqueando sin aire. Luego oí gritar a Johnny, y al volverme para ir a buscarlo, Dally me soltó un insulto y me dio en la espalda con todas sus fuerzas, y caí en una apacible oscuridad.

Cuando volví en mí iba dando brincos, dolorido, y me pregunté confusamente dónde estaba. Intenté pensar, pero había un agudo chillido ahí al lado, y no supe decirme si estaba dentro o fuera de mi cabeza. Entonces me di cuenta de que era una sirena. La policía, pensé sombríamente. Los polis han venido a por nosotros. Intenté tragarme un gruñido y deseé que Soda estuviera conmigo. Alguien con un trapo frío y húmedo me limpiaba la cara, y una voz dijo:

–Creo que está volviendo en sí.

Abrí los ojos. Estaba oscuro. Me estoy moviendo, pensé. ¿Me estarán llevando a la cana?

–¿Dónde…? –dije ásperamente, incapaz de sacar ninguna otra cosa de la boca. Tenía irritada la garganta. Parpadeé al extraño que tenía al lado. Pero no era un extraño… Le había visto antes.

–Tranquilo, chico. Estás en una ambulancia.

–¿Dónde está Johnny? –grité, asustado de verme en un carro con unos extraños–. ¿Y Dallas?

–Van en la otra ambulancia, justo detrás de nosotros. Tranquilízate. Te pondrás bien. Simplemente, te desmayaste.

–No, señor –dije con la voz aburrida y dura que empleábamos con los extraños y con los polis–. Dallas me golpeó. ¿Cómo fue?

–Porque tenías la espalda en llamas, así de fácil.

Me sorprendí.

–¿En serio? Dios, no me di cuenta. No me dolía.

–Las apagamos antes de que te quemaras. Esa cazadora te salvó de unas quemaduras considerables, quizás hasta te salvase la vida. Simplemente, te desplomaste conmocionado por todo el humo que habías inhalado, y, claro, ese golpe en la espalda no te ayudó gran cosa.

Entonces me acordé de quién era, Jerry no-sé-qué, el que era demasiado gordo para pasar por la ventana. Debe ser un profesor, pensé.

–¿Nos lleva usted a la comisaría? –aún estaba un tanto confuso sobre lo ocurrido.

–¿Comisaría? –le tocaba a él sorprenderse–. ¿Por qué habríamos de querer llevaros a la comisaría? Os llevamos a los tres al hospital.

Dejé que pasara su primera observación sin comentarios.

–¿Están bien Johnny y Dallas?

–¿Cuál es cuál?

–Johnny es el moreno. Dallas es el que tiene aire de malhechor.

Examinó su alianza de matrimonio. Quizás esté pensando en su mujer, pensé. Ojalá dijera algo.

–Creemos que el cabezón se pondrá bien. Se quemó bastante el brazo tratando de sacar al otro chico por la ventana. En cuanto a Johnny, no sé. Un trozo de madera le cayó sobre la espalda; es posible que se haya roto la columna, y tiene graves quemaduras. Se desmayó antes de salir por la ventana. Ahora le están administrando plasma –debió de haberse fijado en mi cara, pues rápidamente cambió de conversación–. Te juro que sois los tres muchachos más valientes que he visto en mucho tiempo. Primero vosotros dos entrando por aquella ventana, y luego el de aspecto de duro volviendo para salvar al moreno. Mistress O'Brian y yo creímos que vinisteis caídos del cielo. ¿O sois héroes profesionales?

¿Caídos del cielo? ¿Le había mirado bien a Dallas?

–No, somos *greasers* –dije. Estaba demasiado preocupado y asustado para percibir que trataba de echarle humor a la cosa.

–¿Qué sois qué?

–*Greasers*. Ya sabe, igual que los *hood*s. A Johnny lo buscan por asesinato y Dallas tiene una ficha policial de una milla de largo.

–¿Me estás tomando el pelo, o qué –Jerry se me quedó mirando como si creyese que estaba aún conmocionado.

–No. Lléveme a la ciudad y lo comprobará nada más llegar.

–En cualquier caso, os llevaremos a un hospital de la ciudad. La tarjeta de tu cartera dice que allí es donde vives. ¿Te llamas de verdad Ponyboy?

–Sí. Lo pone en mi partida de nacimiento. Y no bromee usted a cuento de ello. ¿Están… –me sentí débil–, están bien los niños?

–Estupendamente. Puede que un poco asustados. Hubo unas cuantas explosiones justo después de que todos salierais. Sonaron igual que disparos.

Disparos. Allá fue nuestra pistola. Y *Lo que el viento se llevó*. ¿Habíamos caído del cielo? Me eché a reír débilmente. Supongo que aquel tipo sabía lo cerca que estaba yo de la histeria, pues siguió hablándome en voz baja y tranquilizadora todo el camino hasta llegar al hospital.

Estaba sentado en la sala de espera, aguardando saber cómo estaban Johnny y Dallas. Me habían examinado todo entero, y excepto por unas cuantas quemaduras y una gran contusión por toda la espalda estaba perfectamente. Había visto cómo entraban a Dally y a Johnny en camilla. Dally tenía los ojos cerrados, pero cuando le hablé intentó sonreír y me dijo que si alguna vez volvía a hacer una estupidez como aquélla me partiría la cabeza. Aún seguía maldiciéndome cuando se lo llevaron. Johnny estaba inconsciente. Había tenido miedo de mirarle, pero me alivió ver que no tenía quemada la cara. Simplemente estaba muy pálido y muy quieto, y parecía muy enfermo. Habría llorado al verle tan quieto, de no ser por la gente que había alrededor.

Jerry Wood estuvo todo el tiempo conmigo. Seguía dándome las gracias por sacar a los niños. No parecía importarle que fuéramos *hood*s. Le conté toda la historia, empezando por el momento en que Dallas, Johnny y yo nos encontramos en la esquina de Pickett y Sutton. Dejé aparte lo de la pistola y el haber cogido el tren de mercancías. Se portó muy bien conmigo y dijo que al ser héroes nos sería más fácil salir de aquel lío, sobre todo teniendo en cuenta que fue en defensa propia y todo eso.

Estaba allí sentado, fumándome un cigarro, cuando Jerry volvió después de hacer una llamada telefónica. Se me quedó mirando.

–No deberías fumar.

Me quedé de una pieza.

–¿Cómo que no? –miré el cigarro. Me pareció que estaba bien. Miré alrededor en busca de un cartel de «Prohibido fumar», pero no encontré ninguno–. ¿Cómo que no?

–Porque, esto –tartamudeó Jerry–, ¡eh!, eres muy joven.

–¿Ah, sí? –nunca se me había ocurrido pensarlo. En mi barrio fumamos todos, incluidas las chicas. Excepto Darry, que estaba demasiado orgulloso de su salud como para correr el riesgo de fumarse un cigarro, todos habíamos empezado a fumar de muy jóvenes. Johnny fumaba desde que tenía nueve años, Steve desde los once. Así que a nadie le pareció extraño cuando empecé yo. Yo era el adicto al tabaco de mi familia; Soda sólo fuma para calmar los nervios o cuando quiere tener aire de duro.

Jerry suspiró, y luego sonrió.

–Hay ahí unas personas que quieren verte. Dicen ser tus hermanos.

Pegué un brinco y salí corriendo hacia la puerta, pero la encontré ya abierta y Soda me dio un abrazo de oso y me dio unas cuantas vueltas. Me alegré tanto de verle que podría haberme puesto a gritar. Finalmente me puso en el suelo y me miró. Me echó el pelo hacia atrás.

–¡Joder!, Ponyboy, tu pelo, tu pelo súper…

Entonces vi a Darry. Estaba apoyado en el marco de la puerta; llevaba sus pantalones verde oliva y su camiseta negra. Seguía siendo Darry el alto, el de anchos hombros, pero tenía apretados los dos puños en los bolsillos y sus ojos pedían perdón. Simplemente le miré. Tragó y dijo con voz ronca:

–Ponyboy.

Solté a Soda y me quedé parado un momento. A Darry no le gusto… Él me hizo escapar aquella noche… Me pegó… Darry me regaña todo el tiempo… No le importo un comino… De repente me di cuenta, aterrorizado, de que Darry estaba llorando. No hacía ruido, pero le corrían las lágrimas por las mejillas. No le había visto llorar desde hacía años, ni siquiera cuando murieron mamá y papá. (Me acordé del funeral. Yo había sollozado muy a mi pesar; Soda se derrumbó y lloró como un niño, pero Darry se quedó en su sitio, con los puños en los bolsillos y esa mirada, la misma mirada de desamparo y de súplica que tenía ahora).

En ese instante comprendí lo que Soda y Dally y Two-Bit habían intentado decirme. Sí que le importaba a Darry, quizá tanto como le importaba Soda, y precisamente por eso intentaba hacer de mí un hombre. Cuando me gritó: «Pony, ¿dónde has estado todo este tiempo?», quería decir: «Pony, me has dado un susto de muerte. Ten más cuidado, porque no podría soportar que algo malo te ocurriese».

Darry miró al suelo y se dio la vuelta en silencio. De repente salí de mi aturdimiento.

–¡Darry! –grité, y la próxima cosa que supe es que le agarré por la cintura y le apreté fuerte, como si quisiera sacarle todo el jugo. –Darry –dije–, lo siento…

Me acariciaba el pelo y sentí cómo le agitaban los sollozos al intentar contener las lágrimas.

–Pony, creí que te habíamos perdido… igual que perdimos a mamá y a papá.

Ese era entonces su miedo callado, perder a otra persona amada. Me acordé de lo unidos que estuvieron siempre papá y él, y me pregunté cómo había podido considerarlo duro e insensible. Oí latir su corazón debajo de la camiseta, y supe que todo se arreglaría. Había tomado el camino más largo, pero por fin estaba en casa. Para quedarme.

CAPÍTULO 7

Allí estábamos los tres sentados en una sala, a la espera de saber cómo estaban Dally y Johnny. En ese momento llegaron los periodistas y la Policía. Empezaron a hacerme demasiadas preguntas demasiado de prisa, y me aturdieron. Si quieres que te diga la verdad, en primer lugar no me encontraba nada bien. Más bien bastante mareado. Los periodistas disparaban una pregunta tras otra, y me llegaron a confundir hasta el extremo de no saber qué estaba ocurriendo. Por fin Darry les dijo que yo no estaba en condiciones de aguantar semejantes gritos, así que frenaron un poco. Darry es un tipo grande.

Sodapop los estaba matando de risa. Había cogido el sombrero de uno y la cámara de otro, y daba vueltas entrevistando a enfermeras e imitando a los presentadores de la tele. Intentó levantarle la pistola a un policía, y cuando éste le cogió hizo tales muecas, que el propio policía tuvo que sonreír. Soda es capaz de hacer sonreír a cualquiera. Me las arreglé para conseguir un poco de gomina y me peiné antes de que me sacaran ninguna foto. Me moriría de ver mi foto en el periódico con un pelo tan horrible. Darry y Sodapop también salían en las fotos; Jerry Wood me dijo que si Darry y Sodapop no fueran tan apuestos, no les habrían hecho tantas. Aquello era una atracción pública, dijo.

Soda se lo estaba pasando verdaderamente en grande. Supongo que lo habría disfrutado más aún de no ser todo tan serio, pero es que no puede resistir nada que provoque semejante excitación. Te lo juro, a veces me recuerda a un potro. A un potro de patas muy largas, de esos que tienen que meter el hocico en todo. Los periodistas se le quedaron mirando con admiración; ya te dije que parece una estrella de cine y tiene una especie de aura.

Al final hasta el propio Sodapop se cansó de los periodistas –después de un rato todas las cosas le aburren–, se estiró todo lo largo que es en el banco, y se durmió con la cabeza apoyada en el regazo de Darry. Imagino que los dos debían estar cansados; ya era tarde, y a lo largo de toda la semana no habían dormido gran cosa. Hasta mientras contestaba las preguntas me acordé de que sólo habían pasado unas cuantas horas desde que estaba durmiendo en la iglesia por culpa del tabaco. Aunque era del todo irreal, no podría haber imaginado otro mundo. Por fin los periodistas empezaron a irse junto con la Policía. Uno de ellos se volvió y me preguntó:

–¿Qué harías ahora mismo si pudieses?

Le miré cansinamente.

–Darme un baño.

Pensaron que aquello era muy divertido, pero lo dije en serio. Me sentía asqueroso. Después que se fueron, el hospital recuperó su calma. El único ruido eran los suaves pasos de las enfermeras y la ligera respiración de Soda. Darry le miró y sonrió compasivamente.

–Es que no ha dormido mucho esta semana –dijo en voz baja–. Prácticamente nada.

–Hhhmmmm –bostezó Soda somnoliento–, tú tampoco.

Las enfermeras no iban a decirnos nada sobre Johnny y Dally, así que Darry agarró al médico sobre la marcha. El médico nos dijo que sólo estaba dispuesto a hablar con la familia, pero Darry, al final, consiguió meterle en la cabeza a aquel tipo que nosotros éramos más o menos toda la familia que tenían Dally y Johnny.

Dally se pondría bien después de dos o tres días en el hospital, nos dijo. Tenía graves quemaduras en un brazo y le quedarían cicatrices para toda la vida, pero en un par de semanas podría usarlo. Dally se pondrá bien, pensé. Dallas siempre se lo hace bien. Es capaz de aguantar de todo. Era Johnny el que me preocupaba.

Estaba muy grave. Se había roto la espalda al caerle encima un enorme trozo de maderamen. Había sufrido un colapso y tenía quemaduras de tercer grado. Estaban haciendo todo lo posible por aliviarle el dolor, aunque al tener la espalda rota no era capaz de sentir las quemaduras de la cintura para abajo. No dejaba de llamar a Dallas y a Ponyboy. Si sobreviviera… ¿Cómo que si…? No, por favor, pensé, nada de si. Se me subió la sangre a la cara y Darry me puso un brazo sobre el hombro y apretó con fuerza… Incluso si sobreviviera quedaría lisiado para el resto de su vida.

–Lo queríais tal cual es y ahí lo tenéis –dijo el médico–. Ahora iros a casa y descansad.

Yo estaba temblando. Me crecía un dolor en la garganta y quise llorar, pero los *greasers* no lloran delante de desconocidos. Algunos de los nuestros no lloran nunca. Como, por ejemplo, Dally y Two-Bit y Tim Shepard se olvidaron de llorar a edad temprana. ¿Johnny lisiado para siempre? Estoy soñando, pensé en medio del pánico, estoy soñando. Me despertaré en casa o en la iglesia y todo volverá a ser como antes. Pero no me lo creí ni yo. Incluso si Johnny viviera quedaría lisiado y nunca más podría jugar al fútbol o ayudarnos en una pelea de pandillas. Tendría que quedarse en esa casa que odiaba, en donde no le querían, y las cosas nunca volverían a ser como antes. No tenía confianza en mí ni para hablar. Si dijese una sola palabra se me desharía el nudo que tenía en la garganta y me echaría a llorar, a pesar de mí mismo.

Respiré hondo y cerré la boca. Para entonces Soda había despertado, y aunque tenía la cara de piedra, como si no hubiese oído nada de lo que el médico dijo, tenía los ojos hostiles y aturdidos. A los hechos serios les cuesta trabajo abrirse camino para llegar hasta Soda, pero cuando llegan le golpean con dureza. Parecía estar como yo cuando vi a aquel *soc* de pelo negro doblado sobre sí mismo y quieto bajo la luz de la luna.

Darry me frotaba la nuca con suavidad.

–Será mejor que nos vayamos a casa. Aquí no podemos hacer nada.

En el Ford me quedé dormido de pronto. Me eché hacia atrás y cerré los ojos, y llegamos a casa sin que me diera tiempo a enterarme. Soda me sacudió amablemente.

–Eh, Ponyboy, despierta. Aún tienes que entrar en casa.

–Hhhhmmmm –dije medio dormido, y me tumbé en el asiento. Habría sido incapaz de levantarme incluso para salvar la vida. Oía a Soda y a Darry, pero como si estuvieran muy lejos.

–Ven, Ponyboy –me suplicó Soda, sacudiéndome un poco más fuerte–, también nosotros tenemos sueño.

Imagino que Darry estaba harto de hacer el idiota, porque me cogió en brazos y me llevó dentro.

–Se está haciendo un poco pesado para llevarlo en brazos –dijo Soda. Quería decirle que se callase y me dejara dormir, pero sólo conseguí bostezar.

–Pues seguro que ha adelgazado bastante –dijo Darry.

Somnoliento, pensé que por lo menos sería capaz de quitarme los zapatos, pero no. Me quedé frito en el mismo instante en que Darry me dejaba sobre la cama. Me había olvidado de lo verdaderamente blanda que es una cama.

Fui el primero en levantarme a la mañana siguiente. Soda debía haberme quitado los zapatos y la camisa; sólo tenía puestos los *jeans*. Debía tener demasiado sueño para desnudarse él: estaba tumbado a mi lado, completamente vestido. Me desembaracé de su brazo y le eché la manta por encima, y luego fui a la ducha. Dormido, parecía más joven que alguien de diecisiete años, pero yo ya había notado que Johnny parecía más joven cuando estaba dormido, así que supuse que eso nos pasa a todos. Quizá todo el mundo parece más joven cuando duerme.

Después de ducharme me puse ropa limpia y pasé cinco minutos más o menos buscándome una sombra de barba en la cara y lamentándome por el pelo. Aquella mierda de corte de pelo hacía que me sobresalieran las orejas.

Darry seguía dormido cuando fui a la cocina a preparar el desayuno. El que se levanta primero se encarga de prepararlo, y a los otros dos les toca lavar los platos. Esa es la regla de la casa, y por lo general es Darry quien prepara el desayuno y nos deja los platos a Soda y a mí. Busqué en la nevera y encontré unos cuantos huevos. A todos nos gustan los huevos, hechos de manera diferente. A mí me gustan más bien duros, Darry se los hace en un sándwich con tomate y tocineta y Sodapop se los toma con mermelada de uva. A los tres nos gusta la tarta de chocolate para desayunar. Mamá nunca nos la dejaba comer con huevos y jamón, pero Darry se deja convencer. La verdad es que no hace falta luchar con él a brazo partido; a Darry le gusta la tarta de chocolate tanto o más que a nosotros. Soda se asegura de que haya siempre un poco en la nevera, y si no hay, cocina una a toda velocidad. A mí me gustan más las tartas de Darry; Soda siempre les pone demasiado azúcar. No entiendo cómo es capaz de meterse la jalea y los huevos y la tarta todo a la vez, pero a él parece gustarle. Darry toma café solo, y Soda y yo batido de chocolate. A los tres nos encanta todo lo que lleve chocolate. Soda suele decir que si alguna vez fabrican cigarros de chocolates, seguro que no se me pasa.

–¿Hay alguien en casa? –era una voz familiar la que se oyó en la puerta, y entraron Steve y Two-Bit. Siempre metemos la cabeza en las casas de los otros, gritamos «Hey» y entramos sin más. La puerta de casa siempre está abierta, por si a alguno de los chicos lo echan de la suya a patadas y busca un sitio donde pasar la noche y calmarse un poco. Nunca se puede saber a quién vas a encontrarte tumbado en el sofá por la mañana. Por lo general era Steve, pues su padre le había dicho hacía una semana que se largara y que no se le ocurriera volver. A Steve eso le jode bastante, aunque al día siguiente su viejo le dé cinco o diez billetes para hacer las paces. O también Dally, que vivía en cualquier parte que encontrase. Una vez incluso encontramos a Tim Shepard, el jefe de la pandilla Shepard, lejos de su guarida, leyendo el periódico en el sillón. No quizo más que levantar la vista, decir «Qué pasa» y largarse sin quedarse siquiera a desayunar. La madre de Two-Bit nos había advertido que tuviéramos cuidado con los ladrones, pero Darry, flexionando los músculos de manera que abultasen como pelotas de béisbol más grandes de lo normal, dijo que tampoco teníamos nada que mereciera la pena robar. Prefería arriesgarse a un robo, dijo, si eso significaba mantener a alguno de los chicos apartado de robar una gasolinera o algo por el estilo. Así que la puerta nunca estaba cerrada.

–¡Sí, aquí! –grité, olvidándome de que Darry y Soda seguían dormidos–. No peguéis portazos.

Dieron un portazo, por supuesto, y Two-Bit entró corriendo a la cocina. Me cogió por los brazos y me dio unas cuantas vueltas, sin hacer ni caso al hecho de que tuviera dos huevos en la mano.

–¡Eh, Ponyboy! –gritó alegremente–, cuánto tiempo.

Podrías pensar que habían pasado cinco años en vez de cinco días desde la última vez que nos vimos, pero no me importó. Me gusta el viejo Two-Bit; es un colega ideal. Me echó por el aire a los brazos de Steve, que me soltó una palmada juguetona en la espalda, que tenía toda magullada, y me empujó por toda la habitación. Uno de los huevos salió volando. Aterrizó en el reloj y apreté tanto el otro que se me hizo añicos en la mano.

–Mira lo que habéis hecho –me quejé–. Nos hemos quedando sin desayuno. ¿No podíais esperar a que dejara los huevos antes de zarandearme por todo el país? –en serio que estaba un poco molesto, porque acababa de darme cuenta del tiempo que había pasado desde la última vez que había comido. Lo último que había zampado era un pastel de crema con chocolate en el Dairy Queen de Windrixville, y tenía hambre.

Two-Bit se puso a dar vueltas a mi alrededor, y yo suspiré porque había adivinado lo que se me venía encima.

–¡Oye, qué calvota! –Mientras daba vueltas miraba con atención mi cabeza–. No puedo creerlo. Creía que todos los indios salvajes de Oklahoma ya habían sido civilizados. ¿Quién es la piel roja que se ha quedado con tu maldita cabellera, Ponyboy?

–Oye, ya, párala –le solté. Lo primero, no me encontraba nada bien, como si me estuviera poniendo enfermo o algo así. Two-Bit le guiñó un ojo a Steve, y Steve dijo:

–Venga, tenía que cortarse el pelo para salir en el periódico. Nunca se habrían creído que un truhán con aire de *greaser* pudiera ser un héroe. ¿Qué tal te sienta eso de ser un héroe, nene?

–¿Qué qué tal me sienta qué?

–Ser un héroe. Ya sabes –me empujó el periódico–, eso de salir en la primera página del rotativo.

Me quedé mirando el periódico. En la primera página del segundo cuadernillo, un titular decía: JÓVENES DELINCUENTES SE CONVIERTEN EN HÉROES.

–Lo que más gracia me hace es el trozo del «se convierten» –dijo Two-Bit, limpiando el huevo del suelo–. Érais héroes desde el principio; no os habéis hecho de repente.

Casi ni le oí. Estaba leyendo el periódico. Toda la página hablaba de nosotros, de la pelea, del asesinato, del incendio de la iglesia, de que los *socs* estaban borrachos, de todo. Allí salía mi foto, con Darry y Sodapop. El artículo explicaba cómo Johnny y yo nos habíamos jugado la vida al salvar a aquellos niños, y salía un comentario de uno de los padres, que decía que todos habrían muerto de no haber sido por nosotros. Contaba toda la historia de nuestra pelea con los *socs* –claro que ellos no decían *socs*, porque la mayor parte de los adultos no tienen ni idea de las batallas que se arman entre nosotros–. Habían entrevistado a Cherry Valance, y ella decía que Bob estaba borracho y que los chicos habían estado buscando pelea cuando la llevaron a casa. Bob le había dicho que nos iban a ajustar las cuentas por haberla recogido. Su colega Randy Adderson, que le había ayudado a asaltanos, también reconocía que fue culpa suya y que nosotros sólo peleamos en defensa propia. Pero a Johnny le colgaban el muerto del homicidio. Fue entonces cuando me enteré de que tenía que comparecer ante un tribunal por haber huido, igual que Johnny, si se recuperaba. (Nada de si, pensé otra vez. ¿Por qué siguen diciendo si?). Por una vez en la vida no había acusaciones contra Dally, y supe que se iba a coger un cabreo de mucho cuidado, porque el periódico hablaba de él como de un héroe por haberle salvado la vida a Johnny, pero no decía nada de su ficha policial, de la que él estaba tan orgulloso. Si agarrase a esos periodistas se liaría con ellos a golpes. Había otra columna sobre Darry y Soda y yo: de cómo Darry trabajaba en dos trabajos y era bueno en los dos, y de sus récords fuera de serie en el Instituto; mencionaba que Sodapop dejó de estudiar para que pudiéramos seguir juntos, y que yo iba de maravilla en el Instituto y que quizás, en el futuro, podría llegar a ser una estrella del atletismo. (Ah, sí, me olvidaba: estoy en el equipo A de atletismo, en el que soy el más joven. Soy buen corredor). Después decía que no deberíamos estar separados después de haber trabajado tanto para permanecer juntos.

El significado de esto último no dio un golpe.

–¿Quiere decir… –tragué con dificultad– que están pensando en llevarnos a mí y a Soda al orfelinato o algo así?

Steve se estaba peinando cuidadosamente sus complicados rizos.

–Algo así.

Me senté aturdido. Ahora no podían separarnos. Ahora no, ahora que por fin Darry y yo nos habíamos llegado a entender, ahora que estaba al caer la gran pelea y estábamos a punto de poner en su sitio toda la movida *soc-greaser*. Ahora no, ahora que Johnny nos necesitaba y Dally seguía en el hospital y no iba a estar en la gran pelea.

–No –dije en voz bien alta y Two-Bit, que estaba limpiando el huevo del reloj, se volvió a mirarme.

–¿No, qué?

–Que no nos van a meter en un orfelinato.

–No te preocupes por eso –dijo Steve, convencido de que Soda y él se las arreglarían con cualquier cosa que pudiera surgir–. Eso no se lo harían a los héroes. ¿Dónde están Soda y Supermán?

No pudo continuar con sus palabras, porque Darry, vestido y afeitado, entró a espaldas de Steve, lo levantó del suelo y lo dejó caer. Solemos llamar a Darry «Supermán» o «Músculos» de vez en cuando, pero una vez Steve cometió el error de referirse a él diciendo «todo fuerza pero nada de coco», y a poco no le rompe la mandíbula; Darry nunca ha superado eso de no ir a la universidad. Fue la única vez que he visto a Soda de mala leche con Steve, aunque Soda no le da ninguna importancia a la educación. El Instituto le aburría. Muy soso.

Soda entró a todo correr.

–¿Dónde está la camisa azul que lavé ayer? –Tomó un sorbo de batido directamente de la botella.

–Siento tener que decírtelo, colega –dijo Steve, tendido cuan largo era en el suelo–, pero tienes que llevar ropa de trabajo. Creo que hay una ley.

–Ah, sí, claro –dijo Soda–. ¿Y dónde están mis *jeans* claros?

–Los planché. Están en el armario –dijo Darry–. Date prisa, llegarás tarde.

Soda salió corriendo, mascullando por lo bajo.

–Voy volando, voy volando.

Steve salió detrás de él y en un minuto se armó un escándalo enorme, con pelea de almohadas incluida. Miré medio atontado a Darry, que revolvía en la nevera en busca de tarta de chocolate.

–Darry –le dije de repente–, ¿tú sabías lo del Tribunal de Menores?

Sin volverse a mirarme, dijo:

–Sí, los polis me lo dijeron anoche.

Me di cuenta de que sabía que podían separarnos. No quería preocuparle, pero le dije:

–He tenido uno de esos sueños esta noche. El que nunca me acuerdo.

Darry se volvió en redondo para mirarme, con miedo del de verdad pintado en la cara.

–¿Qué?

Tuve una pesadilla la noche del funeral de papá y mamá. De siempre había tenido pesadillas cuando era pequeño, pero nunca ninguna como ésta. Me despertaba chillando como un poseso. Y nunca era capaz de recordar qué me había dado tanto miedo. A Soda y a Darry les daba casi tanto miedo como a mí; noche tras noche, durante semanas interminables, tenía este sueño y me despertaba bañado en sudor frío y chillando. Y nunca pude recordar con exactitud qué había ocurrido. Soda empezó a dormir conmigo, y dejó de ocurrir tan a menudo, pero sí con la suficiente frecuencia para que Darry me llevara al médico. El médico dijo que tenía demasiada imaginación, y que eso tenía una cura bien sencilla: estudiar más, leer más, dibujar más y jugar más al fútbol. Después de un buen partido de fútbol y de cuatro o cinco horas de lectura, terminaba demasiado exhausto como para soñar. Pero Darry nunca terminó de superarlo, y de cuando en cuando me preguntaba si había vuelto a soñar.

–¿Ha sido muy terrible? –preguntó Two-Bit. Nunca llegó a saber la historia entera, y le interesaba, pues era incapaz de soñar con otra cosa que no fuera una rubia.

–No –mentí. Me había despertado bañado en sudor frío y temblando, pero Soda estaba muerto para el mundo entero. No hice más que acurrucarme contra él y permanecer despierto un par de horas, temblando bajo su brazo. Ese sueño siempre me ha dado un miedo de narices.

Darry empezó a decir no sé qué, pero antes de que pudiera seguir entraron Sodapop y Steve.

–¿Sabéis qué? –Soda no se dirigió a nadie en particular–. En cuanto machaquemos a los *socs*, Stevie y yo vamos a armar una fiesta de lo más salvaje, con todo el mundo bien borracho. Después perseguiremos a los *socs* hasta el mismísimo México.

–¿Y de dónde vas a sacar la plata, nene? –Darry había encontrado la tarta y estaba repartiendo pedazos para todos.

–Ya se me ocurrirá algo –le aseguró Soda entre un bocado y otro.

–¿Vas a traer a Sandy a la fiesta? –dije por decir algo. Silencio instantáneo. Miré alrededor–. ¿Qué pasa?

Sodapop se miraba fijamente las puntas de los pies.

–No. Se ha ido a Florida a vivir con su abuela.

–¿Cómo ha sido eso?

–Mira –dijo Steve con un repentina ira–, ¿hay que hacerte un dibujo para que te enteres? Se trataba de eso o de casarse, y sus padres por poco se suben por las paredes al pensar que su hija iba a casarse con un chico de dieciséis años.

–Diecisiete –dijo Soda con suavidad–. Dentro de dos semanas cumplo diecisiete.

–Ah –dije azorado. Soda no era ningún inocente; yo había estado con él en broncas y juergas de toda clase, y sus bromas eran tan fuertes como las de cualquiera. Pero nunca sobre Sandy. Nunca. Me acordé de cómo le brillaban los ojos cuando miraba a Soda, y sentí lástima por ella.

Se hizo un silencio espeso. Entonces Darry dijo:

–Mejor será que nos vayamos al trabajo, Pepsi–Cola –casi nunca llamaba Darry a Soda por el mote que le había puesto papá, pero lo hizo en ese momento porque sabía lo triste que se tenía que sentir Soda por lo de Sandy–. Me fastidia tener que dejarte solo, Ponyboy –añadió Darry lentamente–. Quizá debiera tomarme el día libre.

–Ya me he quedado solo otras veces. Además, no puedes permitirte un día libre.

–Yo me encargo de cuidar al bebé –dijo Two-Bit, a la vez que me esquivó al tirarle yo un gancho–. No tengo nada mejor que hacer.

–¿Por qué no te consigues un trabajo? –dijo Steve–. ¿Nunca te has parado a pensar en trabajar para ganarte la vida?

–¿Un trabajo? –Two-Bit estaba horrorizado–. ¿Y arruinar mi reputación? No me quedaría a cuidarle si supiera de una buena guardería que abriese los sábados.

Tiré del respaldo de su silla y le salté encima, pero me tuvo inmovilizado en un segundo. Estaba corto de fuelle. Tengo que dejar de fumar, o el año que viene no me cogerán en el equipo de atletismo.

–Ríndete.

–Ni de broma –dije, debatiéndome, pero no tenía la fuerza de otras veces.

Darry estaba poniéndose la chaqueta.

–Encargaos de lavar los platos. Podéis ir al cine si os apetece, antes de ir a ver a Dally y a Johnny –hizo una pausa mientras miraba cómo Two-Bit me retorcía el pescuezo–. Two-Bit, déjalo ya, no tiene muy buena pinta. Ponyboy, tómate un par de aspirinas y no hagas excesos. Como te fumes más de un paquete al día te despellejo. ¿Entendido?

–Vale –dije, poniéndome en pie–. Como transportes más de un montón de tejas cada vez te despellejaremos Soda y yo. ¿Entendido?

Hizo una de sus extrañas muecas.

–Vale. Nos vemos por la tarde.

–Hasta luego –dije. Oí el estruendo de nuestro Ford y pensé: conduce Soda. Y se fueron.

–…Total, que andaba yo de paseo por el centro y cogí un atajo por uno de esos callejones –Two-Bit me estaba contando una de sus innumerables proezas mientras lavábamos los platos. Es decir, mientras yo lavaba los platos. Él estaba sentado sobre el aparador, afilando ese cuchillo negro suyo del que está tan orgulloso– …y me di puños con otros tres tipos. Dije: «Vaya, vaya», y ellos se miraron unos a otros. Luego uno dijo: «Te asaltaríamos de buena gana, vaya que sí, pero como estás tan pelado como nosotros suponemos que no tienes nada que merezca la pena». Yo le dije: «Oye, eso es cierto», y seguí mi camino. Moraleja: ¿qué es lo mejor que se puede ser cuando uno tiene que vérselas con una pandilla de marginados sociales en un callejón?

–¿Un experto en judo? –sugerí.

–¡Qué va!, ¡otro marginado social! –gritó Two-Bit, y a punto estuvo de caerse del aparador por culpa de la risa. También yo tuve que sonreír. Tenía las cosas bien claras y además las convertía en continua diversión.

–Vamos a limpiar la casa –dije–. Igual les da por venir a los periodistas o a los polis o a quien sea, y, además, va siendo hora de que vengan esos tipos de la justicia a comprobar cómo nos la defendemos.

–Esta casa no es ningún desorden. Tendrías que ver la mía.

–Ya la he visto. Y con que tuvieras el sentido común de una cabra te darías cuenta de que más te vale echar una mano en vez de andar por ahí todo el día.

–Oye, pero, si me diera por hacer una cosa así mi madre se moriría del susto.

Me gustaba la madre de Two-Bit. Tenía el mismo buen humor y la misma tranquilidad que él. No era vaga, como él, pero le dejaba hacer lo que le diera la gana sin regañarle. No sé, aunque... simplemente, es imposible cabrearse con él.

Cuando terminamos me puse la chaqueta de cuero marrón de Dally, que tenía quemada toda la espalda, y nos pusimos en marcha hacia la calle Diez.

–Yo cogería el carro –dijo Two-Bit según subíamos por la calle intentando a dedo que alguien nos llevara–, pero es que lo tengo sin frenos. La otra noche, a poco nos matamos Kathy y yo –se subió el cuello de su chaqueta de cuero negro para protegerse del viento mientras encendía un cigarro–. Tendrías que ver al hermano de Kathy. Ese sí que es un *hood*. Es tan grasiento que se desliza cuando anda. Va a la peluquería a que le cambien el aceite, no a cortarse el pelo.

Me habría reído, pero tenía un terrible dolor de cabeza. Nos paramos en la Brisa Sabrosa a beber un par de Coca-Colas y descansar un poco, y el Mustang azul que nos había seguido durante ocho manzanas se detuvo. A punto estuve de echarme a correr, y Two-Bit debió de haberlo adivinado, porque sacudió levemente la cabeza y me echó un cigarro por el aire. Al encenderlo, los *socs* que nos asaltaron a mí y a Johnny en el parque saltaron del Mustang. Reconocí a Randy Adderson, el novio de Marcia, y al tipo altote que a punto estuvo de ahogarme. Los odiaba. Era culpa suya que Bob estuviera muerto; era culpa suya que Johnny estuviera muriéndose. Los odiaba con la misma amargura y el mismo desprecio con que odiaba Dally Winston.

Two-Bit me puso un codo sobre el hombro y se apoyó contra mí, dando caladas al cigarro.

–Ya sabéis las reglas. Nada de escaramuzas antes de la pelea –les dijo a los *socs*.

–Lo sabemos –dijo Randy. Me miró–. Ven acá. Quiero hablar contigo.

Miré a Two-Bit, que se encogió de hombros. Seguí a Randy hasta su carro, donde no nos oían los otros. Nos sentamos en su carro, en silencio. Joder, era el carro más maravilloso en el que he estado en mi vida.

–He visto que has salido en la prensa –dijo Randy por fin–. ¿Cómo fue?

–No lo sé. Igual me apetecía dármelas de héroe.

–Yo no lo habría hecho. Habría dejado que esos niños se abrasaran.

–Quizá no. Quizás habrías actuado igual que yo.

Randy sacó un cigarro y presionó el encendedor del carro.

–No lo sé. Ya no sé nada. Nunca habría creído que un *greaser* fuera capaz de eso.

–Lo de *greaser* no tiene nada que ver con eso. Mi colega, el de allí, quizá no lo hubiera hecho. Quizá tú sí, y quizás un amigo tuyo no. Es algo individual.

–No voy a dejarme ver en la pelea de esta noche –dijo Randy despacio.

Le miré de arriba a abajo. Tenía unos diecisiete años, pero ya era viejo. De la misma manera que Dallas era viejo. Cherry había dicho que sus amigos eran demasiado tranquis como para sentir nada, y pese a todo ella recordaba haber mirado las puestas de sol. Randy era presumiblemente demasiado tranqui para sentir nada, y pese a todo había dolor en sus ojos.

–Estoy enfermo de todo. Enfermo y harto. Bob era un buen tipo. Era el mejor colega que nadie haya tenido nunca. Es decir, que peleaba como nadie, era un tipo súper y todo eso, pero también era una persona de verdad. ¿Te enteras? –asentí con la cabeza–. Está muerto; su madre ha sufrido una crisis nerviosa. Lo habían mimado hasta podrirlo. Es decir, casi todos los padres estarían orgullosos de un hijo así, de buen aspecto y listo y todo eso, pero siempre cedieron ante él. Intentó siempre conseguir que alguien le dijera «No», pero no fue capaz. Nadie lo hizo. Eso es lo que quería. Que alguien le dijese «No». Conseguir que alguien dispusiera la ley, fijase los límites, le diera algo sólido en qué apoyarse. Eso es todo lo que quería, en serio. Una vez... –Randy esbozó una sonrisa, pero yo sabía que estaba a punto de llorar–, una vez llegó a casa más borracho que nunca. Estaba seguro de que sus viejos se iban a subir por las paredes. ¿Sabes qué hicieron? Pensaban que aquello era algo que *ellos* habían hecho. Creían que era culpa suya, que le habían fallado o que le habían conducido a ello o algo por el estilo. Cargaron ellos con la culpa y a él no le hicieron nada. Si su padre le hubiese zurrado, si sólo le hubiese zurrado una vez, quizá todavía estuviese vivo. No sé por qué te cuento todo esto. No podría contárselo a nadie más. Mis amigos, bueno, creen que me falta un tornillo o que se me está ablandando el corazón. Igual es verdad. Ese chico, tu colega, el que se quemó, ¿puede morir?

–Sí –dije procurando no pensar en Johnny.

–Y esta noche… la gente sale malherida de las peleas, quizás haya muertos. Todo esto me pone enfermo porque no sirve de nada. No podéis ganar, eso ya lo sabes, ¿no? –y al seguir yo callado prosiguió él–: No podéis ganar, ni siquiera si nos dais una paliza. Seguiréis en donde siempre habéis estado, en el hoyo. Y nosotros seguiremos siendo los tipos con suerte, con todas las ventajas de nuestra parte. Así que no sirve de nada pelearse y matarse. Eso no prueba nada. Nos olvidaremos, tanto si ganáis la pelea como si no. Los *greasers* seguirán siendo *greasers* y los *socs* seguirán siendo *socs*. A veces pienso que son los que están en medio los que de verdad tienen suerte… –respiró hondo–. Así que si creyera que sirve de algo, lucharía. Creo que voy a irme de la ciudad. Agarrar el Mustang y toda la plata que pueda robar y largarme.

–Escapar no te ayudará.

–Joder, ya lo sé –Randy soltó un medio gemido–, pero ¿qué otra cosa puedo hacer? Si me da por aparecer en la pelea estoy señalado, y me aborrecería a mí mismo si no fuera así. No se qué hacer.

–Si pudiera, te ayudaría –dije. Me acordé de la voz de Cherry: «Las cosas están muy crudas por todas partes». En ese momento supe qué quiso decir.

Se me quedó mirando.

–No, no lo harías. Yo soy un *soc*. Tú robas un poco de plata y te odia el mundo entero.

Volvió a mirarme; tal como miraba podría haber tenido diez años más de los que tenía. Salí del carro.

–Habrías salvado a esos niños si hubieses estado allí –le dije–. Los habrías salvado igual que lo hicimos nosotros.

–Gracias, *greaser* –dijo, intentando sonreír. Luego se calló–. No quise decir eso. Quise decir gracias, chico.

–Me llamo Ponyboy –dije–. Me ha gustado hablar contigo, Randy.

Fui andando hasta donde estaba Two-Bit, y Randy tocó la bocina para llamar a sus amigos.

–¿Qué quería? –preguntó Two-Bit–. ¿Qué tenía que decir el señor Súper *Soc*?

–No es un *soc* –dije–. No es más que un tipo. Simplemente, quería hablar.

–¿Te apetece ver una película antes de ir a ver a Johnny y a Dallas?

–Ni de broma –dije, y encendí otro cigarrillo. Aún me dolía la cabeza, pero me sentía mucho mejor. Las cosas estaban crudas por todas partes, pero así era mejor. Así podías saber que el otro tipo era de carne y hueso.

CAPÍTULO 8

Las enfermeras no iban a dejarnos ver a Johnny. Su estado era muy grave. Nada de visitas. Pero a Two-Bit no le valía un no por respuesta. El que estaba allí era su colega, y él iba a verlo. Los dos suplicamos y pedimos por favor, pero no hubiésemos llegado a ninguna parte de no ser porque el médico se enteró de qué queríamos.

–Déjelos entrar –dijo a la enfermera–. Ha preguntado por ellos. No puede hacerle ningún daño.

Two-Bit no se percató del tono de su voz. Es cierto, pensé casi paralizado, se está muriendo. Entramos, poco menos que de puntillas, pues la calma del hospital nos asustó. Johnny estaba allí tendido, con los ojos cerrados, pero cuando Two-Bit le dijo «¡Eh! Johnny, nene», los abrió para mirarnos, procurando sonreír.

–¡Eh!, vosotros.

La enfermera, que estaba apartando las cortinas, sonrió y dijo:

–Pues después de todo puede hablar.

Two-Bit miró en derredor.

–¿Te tratan bien, Johnny?

–No… –boqueó Johnny–, no dejéis que me quiten la gomina del pelo.

–No hables –dijo Two-Bit acercando una silla–, tú escucha. La próxima vez te traeremos gomina. Esta noche es la gran pelea.

Los enormes ojos negros de Johnny se ensancharon un poco, pero no dijo nada.

–Es una pena que ni tú ni Dally podáis estar, ya que es la primera pelea de las grandes que tenemos, sin contar la vez que vapuleamos al equipo de Shepard.

–Ha venido por aquí –dijo Johnny.

–¿Tim Shepard?

Johnny asintió.

–Vino a ver a Dally.

Tim y Dallas siempre han sido buenos colegas.

–¿Sabes que salió tu nombre en el periódico por ser un héroe?

Johnny estuvo a punto de sonreír mientras asentía.

–¡Súper! –consiguió articular, y por el modo como le brillaban los ojos deduje que un caballero sureño no le sacaba ninguna ventaja a Johnny Cade.

Vi que incluso esas pocas palabras lo cansaban muchísimo; estaba tan pálido como la almohada y tenía un aspecto terrible. Two-Bit hizo como que no se daba cuenta.

–¿Quieres algo más aparte de la gomina, chico?

Johnny apenas si asintió.

–El libro –me miró a mí–, ¿puedes conseguir otro?

Two-Bit me miró también. No le había contado lo de *Lo que el viento se llevó*.

–Quiere un ejemplar de *Lo que el viento se llevó* para que yo se lo lea –le expliqué–. ¿Te importa bajar a la farmacia y traerte uno?

–Voy –dijo alegremente Two-Bit–. Pero no os escapéis, ¿eh?

Me senté en la silla de Two-Bit y traté de pensar algo que decir.

–Dally se pondrá bien –dije por fin–. Y Darry y yo estamos a buenas ahora.

Supe que Johnny entendió lo que quería decirle. Siempre habíamos sido colegas, y aquellos días solitarios que pasamos en la iglesia habían estrechado nuestra amistad. Procuró sonreír de nuevo, pero de repente se puso blanco y cerró los ojos con fuerza.

–¡Johnny! –dije, alarmado–. ¿Estás bien? Asintió, con los ojos cerrados.

–Sí, sólo que duele a veces. Normalmente no… No siento nada desde mitad de la espalda para abajo... –permaneció respirando hondo un momento–. Estoy hecho polvo, ¿no, Pony?

–Te pondrás bien –dije con alegría simulada–. Seguro que sí. No podríamos seguir adelante sin tí.

La verdad de esta última frase me golpeó. No podríamos seguir adelante sin él. Necesitábamos a Johnny tanto como él necesitaba a la pandilla. Y por la misma razón.

–Nunca más podré andar –empezó Johnny, y luego se vino abajo–. Ni siquiera con muletas. Me he partido la espalda.

–Te pondrás bien –repetí con firmeza. No te eches a llorar, me ordené a mí mismo, no te pongas a llorar, asustarás a Johnny.

–¿Quieres saber una cosa, Ponyboy? Tengo miedo. Antes solía hablar a veces de matarme –respiró temblorosamente–. No quiero morir ahora. No ha sido suficiente tiempo. Dieciséis años no son suficiente tiempo. No me importaría tanto si no hubiese tantas cosas que no he hecho y tantas otras que no he visto. ¿Sabes una cosa? El tiempo que pasamos en Windrixville es la única vez que he estado fuera del barrio.

–No vas a morirte –le dije, tratando de controlar la voz–. Y no te aceleres, porque si se entera el médico, no nos dejará venir a verte.

Dieciséis años en las calles y puedes aprender mucho. Pero todo equivocado, no las cosas que quieres aprender. Dieciséis años en las calles y ves muchas cosas. Pero todas las vistas equivocadas, no las que quieres ver.

Johnny cerró los ojos y descansó tranquilamente un minuto. Años de vivir en el East Side te enseñan cómo ocultar tus emociones. Si no lo hicieras, explotarías. Aprendes a tomarte las cosas con calma.

Apareció una enfermera en la puerta.

–Johnny –dijo en voz baja–, tu madre ha venido a verte.

Johnnny abrió los ojos. Al principio los tenía como platos, de la sorpresa, pero luego se le oscurecieron.

–No quiero verla –dijo con firmeza.

–Es tu madre.

–He dicho que no quiero verla –había elevado la voz–. Probablemente ha venido para contarme todos los problemas que le estoy causando y qué contentos se verán ella y el viejo en cuanto me haya muerto. Bien, dígale que me deje en paz al menos una vez. Al menos esta vez –se le quebró la voz–, que me deje en paz –estaba intentando sentarse, pero de repente perdió el aliento, se puso más blanco que la almohada y se desvaneció.

La enfermera me urgió hacia la puerta.

–Me estaba temiendo esto en cuanto viera a alguien.

Tropecé con Two-Bit, que entraba en ese momento.

–Ahora no podéis verle –dijo la enfermera, y Two-Bit le dio el libro.

–Asegúrese de que puede verlo cuando vuelva en sí –lo cogió y cerró la puerta tras ella. Two-Bit se quedó allí quieto, mirando la puerta durante un buen rato–. Ojalá fuese uno cualquiera, pero no Johnny –dijo, y al menos en ese momento se le puso la voz seria–. Podríamos arreglárnoslas sin uno cualquiera, pero no sin Johnny –volviéndose bruscamente, dijo–: Vamos a ver a Dallas.

Al entrar en la sala, vimos a la madre de Johnny. Yo la conocía. Era una mujer pequeña, con el pelo negro y grandes ojos negros como los de Johnny. Pero el parecido no iba más allá. Los ojos de Johnnycake eran temerosos y sensibles; los de ella eran baratos y duros. Al pasar a su lado la oímos decir: «Pero tengo derecho a verle. Es mi hijo. ¡Después de todos los problemas que hemos tenido su padre y yo para criarle, ésta es la recompensa que nos da! Prefiere ver a esos bestias que no cuentan para nada antes que a sus padres…». Nos vio y nos echó tal mirada de odio que a punto estuve de retroceder.

–Fue culpa tuya. Siempre por ahí en medio de la noche, buscándote que te metan en la cárcel y sabe Dios qué más cosas… –pensé que iba a maldecirnos. En serio.

A Two-Bit se le empequeñecieron los ojos y me temí que empezase algo. No me gusta que hablen mal de las mujeres, ni siquiera si se lo merecen.

–Te odia hasta las tripas –soltó Two-Bit. Estaba a punto de montarle un número la mar de bien, pero le arrastré del brazo. Me sentía enfermo. Claro que Johnny no quería verla. Cómo no iba a pasar la noche en casa de Two-Bit o en la nuestra, cómo no iba a dormir en el solar cuando hiciera buen tiempo. Me acordé de mi madre… hermosa y dorada, como Soda, y sabia y firme, como Darry.

–¡Dios! –hubo un temblor en la voz de Two-Bit, y estaba más a punto de llorar que en toda su vida–. Y tiene que vivir con eso.

Nos apresuramos en dirección al ascensor para subir al otro piso. Confié en que la enfermera tuviese el suficiente sentido común como para no dejar que la madre de Johnny lo viera. Eso lo mataría.

Dally estaba discutiendo con una de las enfermeras cuando entramos. Nos sonrió.

–¡Miren, cómo me alegro de veros! Esta gente del hospital no me deja fumar, y quiero salir de aquí.

Nos sentamos, mirándonos uno al otro. Dally era el de siempre, malo y cabezón. Estaba estupendamente.

–Shepard vino a verme hace un rato.

–Eso nos dijo Johnny. ¿Qué quería?

–Dijo que vio mi foto en el periódico, y que apenas podía creer que debajo no pusiera «Se busca, vivo o muerto». Mayormente vino con lo de la pelea. Oye, cómo me jode no poder estar.

Solamente la semana anterior Tim Shepard le había partido tres costillas a Dally. Pero Dally y Tim Shepard siempre habían sido colegas; no importaba que se dieran puños, eran dos de la misma especie, y ambos lo sabían.

Dally me sonreía.

–Nene, qué susto me diste el otro día. Creí que te había matado.

–¿A mí? –dije, confuso–. ¿Por qué?

–Cuando saltaste la ventana de la iglesia. Quería golpearte nada más que para tirarte al suelo y apagar el fuego, pero cuando caíste como una tonelada de plomo pensé que habían apuntado demasiado alto y que te habían partido el cuello –se quedó un momento pensando–. Me alegro de que no fuera así.

–Seguro –dije con una sonrisa. Nunca me había gustado Dally, pero entonces, por primera vez, sentí que era mi colega. Y todo porque dijo que se alegraba de no haberme matado.

Dally miró por la ventana.

–Eeh… –dijo al desgaire–. ¿Cómo está el chico?

–Acabamos de estar con él –dijo Two-Bit, y juraría que estaba dudando si decirle a Dally la verdad o no–. Yo no entiendo de estas cosas... pero... para mí que está bastante mal. Antes de irnos se desvaneció.

A Dally se le puso blanco el borde de la mandíbula mientras juraba con los dientes apretados.

–Two-Bit, ¿tienes aún esa maravillosa navaja de cachas negras?

–Sí.

–Déjamela.

Two-Bit llevó la mano al bolsillo de atrás para alcanzar su preciado tesoro. Era una navaja con cachas de azabache, de diez pulgadas de largo, que se abría de golpe, en un abrir y cerrar de ojos. Era la recompensa de dos largas horas de caminar con aire despistado alrededor de una ferretería para no parecer sospechoso. La guardaba afilada como una hoja de afeitar. Que yo supiera, nunca se la había metido a nadie; cuando le hacía falta una hoja usaba un cortaplumas de bolsillo. Pero era su tesoro, su orgullo y su alegría; cada vez que tropezaba con un *hood* se la sacaba para atemorizarlo. Dally sabía lo mucho que ese cuchillo significaba para Two-Bit, pero si necesitaba uno tanto como para pedírselo, bueno, es que lo necesitaba. Sin vuelta de hoja. Two-Bit se la acercó a Dally sin dudarlo un momento.

–Tenemos que ganar esa pelea esta noche –dijo Dally. Tenía dura la voz–. Tenemos que ajustarles las cuentas a los *socs*. Por Johnny.

Puso el cuchillo debajo de la almohada y se tumbó, contemplando el techo. Nos marchamos. Sabíamos de sobra que más valía no hablarle a Dally cuando le relampagueaban los ojos de aquella manera, cuando estaba de semejante humor.

Decidimos coger un autobús para ir a casa. A mí no me apetecía caminar o echar dedo. Two-Bit me dejó sentado en el banco de la parada del bus mientras se acercaba a una gasolinera a comprar tabaco. Estaba algo mareado y como amodorrado. A punto estaba de quedarme dormido cuando sentí una mano sobre la frente. Casi me muero del susto. Two-Bit me miraba con cara de preocupación.

–¿Te encuentras bien? Estás terriblemente caliente.

–Estoy perfectamente –dije, y cuando me miró como si no me creyera me asusté un poco–. No se lo digas a Darry, ¿vale? Bien, Two-Bit, pórtate bien. Por la noche estaré estupendamente; me tomaré una tortilla de aspirinas.

–Como quieras –dijo Two-Bit de mala gana–. Pero como se entere Darry de que estás enfermo y vas a la pelea, me va a matar.

–Estoy bien –dije, cabreado–. Y si mantienes la boca cerrada, Darry no tiene por qué enterarse de nada.

–¿Sabes una cosa? –dijo Two-Bit ya en el bus–. Creías poder escapar con el asesinato a cuestas, viviendo con tu hermano mayor y todo eso, pero Darry es más estricto contigo de lo que lo fueron tus padres, ¿no es cierto?

–Sí –dije–, pero ellos ya habían criado a dos chicos antes que a mí, y Darry no.

–Sabes, la única cosa que le impide a Darry ser un *soc* somos nosotros.

–Lo sé –dije. Lo sabía desde tiempo atrás. A pesar de no tener mucho dinero, la única razón por la que Darry no podría ser un *soc* era la pandilla. Soda y yo. Darry era demasiado agudo para ser un *greaser*. No sé cómo lo supe; lo sabía, y basta. Y, en parte, me apenaba.

Estuve callado durante todo el trayecto. Pensaba en la pelea. Tenía una sensación como de náusea en el estómago, y no era por estar enfermo. Era la misma clase de desamparo que sentí la noche en que Darry me abroncó por quedarme dormido en el solar. Tenía el mismo miedo mortal de que iba a ocurrir algo que ninguno de nosotros podría impedir. Al bajarnos del bus se lo dije.

–Lo de esta noche… no me gusta ni un pelo.

Two-Bit hizo como que no me entendía.

–Nunca creí que pudieras dártelas de gallina en una pelea. Ni siquiera cuando eras un niño.

Sabía que estaba intentando ponerme de mala leche, pero de todas formas mordí el anzuelo.

–No soy un gallina, Two-Bit Mathews, y tú lo sabes –dije cabreado–. ¿No soy yo un Curtis como Soda y Darry? –Two-Bit no podía negarlo, así que seguí adelante–: Quiero decir, tengo la impresión de que va a pasar algo.

–Es que va a pasar algo. Les vamos a pisotear las tripas a los *socs*, eso es todo.

Two-Bit sabía de sobra lo que quería decir, pero se empeñó en simular que no. Creo que pensaba que si dices que algo marcha bien, inmediatamente marcha bien, no importa lo que sea. Siempre ha sido así, toda su vida, y no creo que cambie. Sodapop habría entendido, y entre los dos habríamos intentado averiguarlo. Pero Two-Bit, pura y simplemente, no es Soda. No, nada de eso.

Cherry Valance estaba sentada al volante de su Corvette al lado del solar cuando pasamos por allí. Llevaba peinada hacia arriba su larga cabellera, y a la luz del día estaba incluso más guapa. Aquel Sting Ray era un carro súper. Rojo brillante. Fenomenal.

–Hola, Ponyboy –dijo–. Hola, Two-Bit.

Two-Bit se paró. Por lo visto, Cherry se había dejado ver por allí durante la semana que pasamos Johnny y yo en Windrixville.

–¿Qué pasa con esa chusma?

Se apretó las correas de su cazadora de esquiar.

–Pelearán a vuestra manera. Sin armas, a pecho descubierto. Como dijisteis.

–¿Estás segura?

Asintió.

–Me lo dijo Randy. Él lo sabe seguro.

Two-Bit se dio la vuelta y se encaminó hacia casa.

–Gracias, Cherry.

–Ponyboy, quédate un momento –dijo Cherry. Volví al carro–. Randy no va a dejarse ver en la pelea.

–Ya lo sé.

–No es que tenga miedo. Es que está asqueado de todo esto. Bob... –tragó saliva, y luego prosiguió con calma–. Bob era su mejor amigo. Desde la escuela primaria.

Pensé en Soda y en Steve. ¿Y si uno se encontrara con que han matado al otro? ¿Haría eso que dejaran de luchar? No, pensé, puede que Soda sí, pero Steve no. Seguiría odiando y peleando. Quizás eso hubiese hecho Bob si hubiese sido Randy en vez de él.

–¿Qué tal está Johnny?

–No muy bien –dije–. ¿Irás a verlo?

Sacudió la cabeza.

–No. No podría...

–¿Por qué no? –le pregunté. Era lo menos que podía hacer. Fue su novio el causante de todo... y entonces me detuve. Su novio...

–No podría... –dijo con voz tranquila y desesperada–. Él mató a Bob. ¡Oh!, quizá Bob se lo estuviera buscando. Ya sé que sí. Pero nunca podría mirar a la cara a la persona que lo mató. Tú sólo conocías su peor parte. A veces sabía ser dulce y amistoso. Pero cuando se emborrachaba... esa fue la parte de él que golpeó a Johnny. Supe que fue Bob cuando me contaste la historia. Estaba orgulloso de sus anillos. ¿Por qué venden alcohol a los menores? ¿Por qué? Ya sé que hay una ley que lo prohíbe, pero de una forma u otra los chicos consiguen alcohol. Ya sé que soy muy joven para estar enamorada y todo eso, pero Bob era algo especial. No era como los otros chicos. Tenía algo que hacía que la gente lo siguiera, algo que le hacía diferente, puede que un poco mejor que los demás. ¿Entiendes qué quiero decir?

Sí que lo entendía. Cherry veía las mismas cosas en Dallas. Por eso temía verle, por eso tenía miedo de amarle. Entendí perfectamente qué quería decir. Pero también dijo que no iría a ver a Johnny porque había matado a Bob.

–De acuerdo –dije cortante. No era culpa de Johnny que Bob fuera un borrachuelo y que a Cherry le diera por los chicos destinados a meterse en líos–. Prefiero que no lo veas. Eres una traidora para los de tu clase y no eres leal con nosotros. ¿Crees que el hecho de que espíes para nosotros arregla el que estés ahí sentada en un Corvette mientras mi hermano tiene que dejar la escuela para conseguir un trabajo? No te importamos lo más mínimo. No intentes darnos limosna y luego sentirte bien por ello.

Me volví y eché a andar, pero algo que había en la cara de Cherry hizo que me detuviera. Estaba avergonzado; no aguanto ver llorar a las chicas. Ella no estaba llorando, pero le faltaba un pelo.

–No pretendía ser caritativa contigo. Ponyboy. Sólo quería ayudar. Me gustaste desde el principio… como hablabas. Eres un chico muy guapo, Ponyboy. ¿Te das cuenta que se encuentren pocos como tú hoy en día? ¿No intentarías tú ayudarme si pudieras?

Desde luego que sí. La ayudaría a ella y a Randy, si pudiera.

–Eh –dije de repente–, ¿se ven bien las puestas de sol desde el West Side?

Parpadeó, sorprendida, y sonrió.

–Se ven estupendamente.

–Desde el East Side también se ven bien –dije en voz baja.

–Gracias, Ponyboy –sonrió por entre las lágrimas–. Qué estupendo eres.

Tenía unos bonitos ojos verdes. Seguí, caminando lentamente, hacia casa.

CAPÍTULO 9

Eran casi las seis y media cuando llegué a casa. La pelea estaba prevista para las siete, así que llegaba tarde a cenar, como de costumbre. Siempre llego tarde. Se me olvida la hora que es. Darry había preparado la cena: pollo asado con patatas y maíz; dos pollos, porque los tres comemos como leones. Sobre todo Darry. Pero aunque me encanta el pollo asado, apenas pude tragar nada. Sin embargo, me tomé cinco aspirinas sin que me vieran Darry y Soda. Siempre suelo hacer eso, porque no puedo dormir bien. Darry se cree que me tomo sólo una, pero por lo general me trago cuatro de golpe. Supuse que cinco me bastarían para afrontar la pelea y, con un poco de suerte, para quitarme el dolor de cabeza.

Luego me di prisa en ducharme y cambiarme de ropa. Darry, Soda y yo siempre nos arreglamos bien para una pelea. Y, además, queríamos que a los *socs* les quedara bien claro que no éramos basura, que éramos tan buenos como ellos.

–Soda –llamé desde el baño–, ¿cuándo empezaste a afeitarte?

–Cuando tenía quince años –contestó a voz en grito.

–¿Y Darry?

–Cuando tenía trece. ¿Por qué? ¿Se te está ocurriendo dejarte barba para la pelea?

–Qué gracioso eres. Tendríamos que enviarte al *Reader's Digest*. Creo que pagan bien las bromas divertidas.

Soda se rió y siguió jugando al póquer con Steve en el cuarto de estar. Darry se había puesto una camiseta negra apretada que traslucía toda la musculatura del pecho y los músculos planos del vientre. No sería yo el *soc* que se las viera con él, pensé mientras me ponía una camiseta limpia y unos *jeans* recién lavados. Ojalá me quedara más apretada, pensé; soy fuerte para mi tamaño, pero en Windrixville había perdido mucho peso, y simplemente no me quedaba bien. La noche era fría y las camisetas no son precisamente la ropa más abrigada, pero nadie coge frío en una pelea, y además las chaquetas te restan libertad de movimiento.

Soda, Steve y yo nos habíamos puesto más gomina de la necesaria, pero es que queríamos que quedase claro que éramos *greasers*. Esta noche podríamos estar orgullosos de serlo. Es posible que los *greasers* no tengamos mucho, pero sí una reputación. Eso y el pelo largo. (¿Qué clase de mundo es éste en el que todo lo que puede enorgullecerme es tener una reputación de *hood* y el pelo lleno de gomina? No quiero ser un *hood*, pero aunque no robe cosas ni me líe a golpes con el personal ni me emborrache, estoy marcado, soy un piojoso. ¿Por qué habría de enorgullecerme?). Darry nunca se ha dejado el pelo muy largo. Siempre lo lleva bien corto y limpio.

Me senté en el sillón del cuarto de estar, a la espera de que apareciese el resto del equipo. Claro que esta noche el único que iba a venir era Two-Bit; Johnny y Dallas no aparecerían. Soda y Steve jugaban a las cartas y, como siempre, discutían. Soda tenía abierto el grifo de las bromas y las payasadas, y Steve había puesto la radio tan alta que por poco me rompe los tímpanos. Claro que todo el mundo la oye así de alta, pero no es precisamente lo más adecuado para un dolor de cabeza.

–A ti te gustan las peleas, ¿no, Soda? –le pregunté de golpe.

–Sí, claro –se encogió de hombros–. Me gustan las peleas.

–¿Cómo es eso?

–No lo sé –me miró, confuso–. Por la acción. Es una competición. Como una carrera de *drags* o un baile o algo así.

–Oye –dijo– Steve. Quiero romperles la cabeza a esos *socs*. Cuando me lío en una pelea quiero machacarle al otro la cabeza. Me gusta.

–¿Cómo es que te gustan las peleas a tí, Darry? –le pregunté mirando hacia arriba, pues estaba detrás de mí, apoyado en la puerta de la cocina. Me soltó una de esas miradas suyas que ocultan lo que está pensando, pero Soda musitó:

–Le gusta enseñar los músculos.

–A ti te los voy a enseñar, coleguilla, si no te callas la boca.

Digerí lo que Soda había dicho. Era la verdad. A Darry le gustaba cualquier cosa que requiriese fortaleza, como el levantamiento de peso o jugar al fútbol o reparar tejados, por muy orgulloso que estuviera de ser listo también. Darry nunca decía nada sobre esto, pero sabía que le gustaban las peleas. Me sentí fuera de lugar. Estoy dispuesto a pelearme con cualquiera y cuando sea, pero no me gusta.

–No sé si deberías estar en esta pelea, Pony –dijo Darry lentamente.

¡Jo, no!, pensé aterrorizado, tengo que estar como sea. En ese momento lo más importante de mi vida era ayudar a los otros a machacar a los *socs*. Que no me haga quedarme en casa. Tengo que estar como sea.

–¿Y eso? Las otras veces siempre he estado, ¿no?

–Sí –dijo Darry con gesto de orgullo–. Peleas pero que muy bien para el tamaño que tienes. Pero es que antes estabas en forma. Ahora has perdido peso, y no tienes un aire muy allá, chico. Has sufrido demasiada tensión.

–Oye –dijo Soda intentando sacarse el as del zapato sin que lo viera Steve–, todos nos ponemos tensos antes de una pelea. Déjale pelear esta noche. Una de puños no hace daño a nadie; no hay armas, no hay peligro.

–Lo haré bien –supliqué–. Me agarro a uno pequeño, ¿vale?

–Bueno, Johnny no va a estar esta vez... –Johnny y yo solíamos encararnos con algún tipo grandulón–, pero, bueno, Curly Shepard tampoco va a estar, ni Dally, y necesitamos todos los hombres que podamos juntar.

–¿Qué le ha pasado a Shepard? –pregunté, acordándome del hermano pequeño de Tim Shepard. Curly, que era un tipo duro, calmoso, rudo, una especie de Tim en miniatura, y yo, habíamos tenido una vez un desafío cada cual con el cigarro encendido contra los dedos del otro. Allí estábamos, haciendo muecas y apretando los dientes, sudando como cerdos y con el olor de la carne quemada mareándonos, los dos negándonos a chillar, hasta que resultó que Tim pasó por allí. Cuando vio que nos estábamos abriendo agujeros el uno al otro en la carne, hizo el amago de partirnos una cabeza contra la otra, jurando que nos mataría si nos daba por hacer otra proeza de esas. Aún tengo una cicatriz en el dedo índice. Curly era un *hood* normal y corriente del centro de la ciudad, duro y no muy brillante, pero me gustaba. Era capaz de cualquier cosa.

–Está en la nevera –dijo Steve, a la vez que le sacaba a Soda el as del zapato–. En el reformatorio.

¿Otra vez?, pensé, y dije:

–Déjame pelear, Darry. Si fuera una de cuchillos o cadenas o de eso, sería distinto. Pero nadie puede hacerme mucho daño en una pelea de puños.

–Bueno –consintió Darry–, supongo que puedes. Pero ten mucho cuidado, y si te metes en un aprieto, chilla, que ya te sacaré yo.

–Lo haré bien –dije cautelosamente–. ¿Cómo es que nunca te preocupas tanto por Soda? A él nunca le das consejos.

–Hombre –Darry le pasó el brazo a Soda por el hombro–, éste es un hermano pequeño del que no tengo que preocuparme.

Soda le dio un cariñoso puñetazo en las costillas.

–Este chico sabe usar la cabeza.

Sodapop me miró con un aire burlón de superioridad, pero Darry siguió a lo suyo.

–Ya ves que al menos la usa para algo: para dejarse el pelo largo –esquivó el gancho de Soda y se fue hacia la puerta.

Two-Bit metió la cabeza por la puerta justo cuando Darry salía volando. Según bajaba los escalones a saltos, dio un salto mortal por el aire, pegó en el suelo y dio un bote antes de que Soda pudiera cogerlo.

–¿Qué pasa? –dijo Two-Bit alegremente, alzando una ceja–; ya veo que estamos en plena forma para una pelea. ¿Está contento todo el mundo?

–¡Sí! –gritó Soda, mientras daba él también un salto mortal. Hizo el pino, se puso a andar cabeza abajo y luego dio sin manos una voltereta lateral que mejoraba la de Darry. El entusiasmo nos iba cogiendo a todos. Aullando como un indio, Steve salió corriendo a saltos por el césped, se paró de repente y dio una voltereta hacia atrás. Todos sabemos hacer acrobacias, porque Darry había hecho un curso en el Instituto y después se pasó todo el verano enseñándonos a los demás todo lo que había aprendido, porque podía servirnos en una pelea. Y sí que nos vino bien más de una vez, pero también dio con Soda y Two-Bit en la cana. Estaban dando volteretas en medio de la acera, andando con las manos y demás, molestando a la gente y a la policía. Tú deja que esos dos se líen en una de las suyas y verás.

Con un aullido de felicidad di también una voltereta lateral sin manos al bajar las escaleras del porche y rodé hasta ponerme en pie. Two-Bit me siguió de manera parecida.

–Soy un *greaser* –coreó Soda–. Soy un DJ y un *hood*. Ensucio el nombre de nuestra justa ciudad. Pego a la gente. Robo gasolineras. Soy una amenaza para la sociedad. ¡Eh, cómo me divierto!

–*Greaser… greaser… greaser* –salmodió Steve–. ¡Eh, víctima del ambiente, desclasado podrido, *hood* de mala muerte!

–¡Delincuentes juveniles, no valéis para nada! –gritó Darry.

–¡Fuera de aquí, basura blanca! –dijo Two-Bit con voz de extravagante–. ¡Soy un *soc*! Soy el privilegiado y el bien vestido. ¡Me monto fiestas en el río, tengo carros modernos, rompo las ventanas de las fiestas elegantes!

–¿Y a qué te dedicas tú para divertirte? –pregunté con voz seria, atemorizada.

–¡Asalto a *greasers*! –chilló Two-Bit, y dio una voltereta.

Nos fuimos calmando al caminar hacia el solar. Two-Bit era el único que llevaba chaqueta, escondía dentro un par de botes. Siempre se embriaga antes de una pelea. Antes de cualquier otra cosa también, si me paro a pensarlo. Sacudí la cabeza. Era incapaz de ver el día en que yo tuviera que sacar las fuerzas de una lata de cerveza. Una vez, hace tiempo, había intentado beber. Aquello sabía a rayos, me mareé, me entró dolor de cabeza, y cuando se enteró Darry me tuvo encerrado dos semanas enteras. Pero esa fue la primera y la última vez que bebí. Ya había visto bastante de lo que hace la bebida en casa de Johnny.

–Eh, Two-Bit –le dije, decidido a completar mi estudio–, ¿cómo es que a ti te gusta pelear?

Me miró como quien mira a un loco.

–Oye, a todo el mundo le gusta pelear.

Si todo el mundo se tirase de cabeza al río Arkansas, el viejo Two-Bit se les pegaría a los talones. Así que entonces lo completé. Soda peleaba para divertirse, Steve por odio, Darry por orgullo y Two-Bit por conformismo. ¿Por qué peleo yo? Me puse a pensarlo, y no encontré ninguna razón de peso. No hay ninguna razón de peso para pelear que no sea la defensa propia.

–Escucha, Soda, Ponyboy y tú –dijo Darry según bajábamos la calle–, si aparece la poli se vuelan inmediatamente. A los demás sólo pueden meternos en la cana. Pero vosotros podéis terminar en una correccional.

–Nadie en todo el barrio va a llamar a la poli –dijo Steve sonriente–. Saben qué ocurriría si lo hicieran.

–Es igual, vosotros dos os largáis a la primera señal de que haya problemas. ¿Me oís?

–Desde luego, no necesitas un altavoz –dijo Soda, y le sacó la lengua a Darry a sus espaldas. Contuve una risita. Si quieres ver algo divertido, es un *hood* de los duros sacándole la lengua a su hermano mayor.

Tim Shepard y compañía estaban ya esperando cuando nosotros llegamos al solar, junto con la pandilla de Brumly, una de los suburbios. Tim era un tipo flaco, con aire gatuno, de dieciocho años, que parecía el genuino DJ que se ve en las revistas y en las películas. Tenía el auténtico pelo negro rizado, ojos provocativos y una larga cicatriz desde la sien hasta el mentón: un vagabundo le había marcado con una botella rota. Tenía un aire duro y malvado; le habían partido dos veces la nariz. Como Dally, tenía una sonrisa inflexible y amarga. Era uno de esos que disfrutan haciendo de *hood*s. El resto de su banda eran por un estilo. Los chicos de Brumly también. Jóvenes *hood*s que crecerían hasta convertirse en *hood*s viejos. Nunca me había parado a pensarlo, pero al crecer empeorarían, no se harían mejores. Miré a Darry. No se convertiría en ningún *hood* cuando se hiciera viejo. Iba a llegar a alguna parte. Esa es la razón por la que es mejor que el resto de nosotros, pensé. Va a llegar a alguna parte. Y yo iba a ser como él. No iba a vivir en un barrio piojoso el resto de mi vida.

Tim tenía la mirada tensa y hambrienta de un gato de callejón; a mí siempre me ha recordado a eso, a un gato de callejón, y estaba constantemente inquieto. Sus chicos iban de los quince a los diecinueve años, personajes de aire endurecido que estaban acostumbrados a la disciplina más estricta que emanaba de Tim. Esa era la diferencia entre su pandilla y la nuestra; nosotros éramos simplemente colegas que nos juntábamos, cada cual era su propio jefe. Quizá por esa razón fuéramos capaces de machacarlos.

Tim y el jefe de la pandilla de Brumly se adelantaron para darnos la mano a cada uno de nosotros, para demostrar que nuestras pandillas estaban en el mismo bando en esta pelea, aunque la mayor parte de los tipos de cualquiera de las dos pandillas no era exactamente lo que a mí me gustaría tener por amigos. Cuando Tim llegó a mi altura se detuvo a contemplarme; quizá se acordaba de cómo su hermano y yo nos habíamos desafiado.

–¿Tú y el chico tranquilo ese de pelo negro fuisteis los que matasteis a ese *soc*?

–Sí –dije, fingiendo estar orgulloso de ello; luego pensé en Cherry y en Randy, y el estómago se me encogió en una náusea.

–Bien hecho, nene. Curly siempre dijo que eras un buen chico. Curly va a estar en el reformatorio durante los próximos seis meses –Tim sonrió con algo parecido al arrepentimiento, pensando seguramente en el cabezón de su hermano–. Le pillaron atracando una bodega, al muy… –siguió llamando a Curly toda clase de epítetos imposibles de imprimir, que en su manera de pensar eran términos de afecto.

Contemplé la escena con orgullo. Era el más joven de los que estábamos allí. Incluso Curly, de haber estado, tenía ya quince años, así que era mayor que yo. Juraría que Darry también se dio cuenta de ello, y aunque le enorgullecía, supe que también estaba preocupado. Vamos, pensé, voy a pelear tan bien esta vez que en el futuro no tendrá que preocuparse de mí nunca más. Le enseñaré que no sólo Soda sabe usar la cabeza.

Uno de los tipos de Brumly me hizo señas. Por lo general solemos permanecer con los de nuestra pandilla, así que estaba un poco receloso de acercarme hasta él, pero me encogí de hombros. Me pidió un cigarrillo y lo encendió.

–Ese grandulón que está con vosotros, ¿lo conoces bien?

–A la fuerza: es mi hermano –dije. No podría haber dicho «Sí» con honradez. Conocía a Darry tanto como él a mí, que no es decir gran cosa.

–¿En serio? Tengo la impresión de que le van a pedir que sea él quien encienda los fuegos artificiales. Es un buen pegador.

Quiso decir así que era bueno en la pelea. Aquellos chicos de Brumly tenían un extraño vocabulario. Dudo mucho que la mitad de ellos fueran capaces de leer el periódico o de deletrear mucho más que sus nombres, y se les nota en el habla. Es decir, te topas con un tipo que a una pelea le llama «arrimar candela», y está claro que no tiene mucha educación.

–Sí –dije–. Pero, ¿por qué él?

Se encogió de hombros.

–¿Y por qué no?

Di un repaso a nuestros equipos. La mayor parte de los *greasers* no tiene un cuerpo súper ni nada por el estilo. Mayormente son flacos y con cierto aire de pantera, por lo escurridizo de sus movimientos. Esto se debe, en parte, a que no comen mucho y, en parte, a que son esquivos. Darry daba la impresión de ser capaz de machacar a cualquiera de los que estaban allí. Creo que la mayor parte de los tipos estaban nerviosos por la regla de «nada de armas». De los chicos de Brumly no sabía nada, pero sabía que la pandilla de Shepard estaba acostumbrada a pelear con cualquier cosa contundente: cadenas de bicicleta, cuchillos, botellas rotas, trozos de tubería, bates de béisbol y, a veces, incluso pipas. Es decir, pistolas. Tengo un vocabulario desastroso, por muy educado que esté. Nuestra pandilla nunca iba de armas. Sencillamente, no somos tan duros, no. Las únicas armas que hemos usado alguna vez son los cuchillos, y joder, mayormente las llevamos para impresionar. Como Two-Bit con su navaja automática de cachas negras. Ninguno de nosotros había herido de verdad a nadie, ni de broma. Sólo Johnny. Y no era su intención.

–¡Eh, Curtis! –gritó Tim. Pegué un brinco.

–¿Cuál de ellos? –Soda le devolvió el grito.

–El grande. Ven para acá.

El chico de Brumly me miró.

–¿Qué te dije?

Vi cómo Darry se acercaba a Tim y al jefe de los chicos de Brumly. No debería estar aquí, pensé de pronto. Yo no debería estar aquí y Soda no debería estar aquí y Steve no debería estar aquí y Two-Bit no debería estar aquí. Somos *greasers*, pero no *hood*s, y no tenemos nada que ver con este puñado de futuros convictos. Podríamos terminar como ellos, pensé. Podríamos. Y ese pensamiento no le sentó nada bien a mi dolor de cabeza.

Entonces volví a reunirme con Soda y Steve y Two-Bit, pues los socs iban llegando. Llegaron en cuatro carros llenos, y se alinearon silenciosamente. Conté veintidós. Nosotros éramos veinte, así que me hice a la idea de que estábamos tan igualados como era posible. A Darry siempre le ha gustado vérselas con dos a la vez. Parecían todos cortados con el mismo patrón: limpios y afeitados, con cortes de pelo a lo Beatle, con camisas de rayas o de cuadros y chaquetas rojo claro o marrón o buzos de algodón. Vestidos igual que si fueran al cine en vez de a una pelea. Por eso a la gente nunca se le ocurre echar la culpa a los socs y, en cambio, están dispuestos a echársenos encima a la menor. Nosotros parecemos hoods, y ellos tienen un aspecto decente. Igual podría ser justo lo contrario: la mitad de los hoods que conozco son chicos muy decentes debajo de toda su gomina, y por lo que he oído, un montón de socs son malos y de sangre fría. Pero la gente suele moverse por las apariencias.

Se alinearon en silencio, encarados con nosotros, y nosotros hicimos otro tanto. Busqué a Randy, pero no lo vi. Ojalá que no estuviera allí. Un tipo con una camisa de algodón dio un paso adelante.

–Dejemos las reglas bien claras: nada excepto nuestros puños, y el primero que eche a correr pierde. ¿Vale?

Tim arrojó su bote de cerveza.

–Entiendes las cosas rebien.

Se hizo un incómodo silencio. ¿Quién iba a empezar? Darry solucionó el problema. Se adelantó hasta quedar bajo el círculo de luz que formaba una farola. Por un momento, todo aquello pareció irreal, como sacado de una película de DJ. Entonces Darry dijo:

–Listo, empiezo con cualquiera.

Allí estaba, con sus anchos hombros, los músculos tensos bajo la camiseta y los ojos brillándole como el hielo. Por un segundo pareció que nadie iba a tener la valentía suficiente para enfrentársele. Luego hubo un cierto revuelo en el grupo sin caras de los *socs* y un tipo rubio y fornido dio un paso adelante. Miró a Darry y dijo con tranquilidad:

–Hola, Darry.

Algo parpadeó tras los ojos de Darry y luego se le volvieron de hielo.

–Hola, Paul.

Oí que Soda soltaba una especie de chirrido y me di cuenta de que el rubio era Paul Holden. Había sido el mejor defensa en el equipo de fútbol de Darry en el Instituto, y él y Darry solían andar por ahí de colegas. Ahora debe de estar en la universidad, pensé. Estaba mirando a Darry con una expresión que no supe cómo calificar, pero que desde luego no me gustó ni un pelo. ¿Desprecio? ¿Compasión? ¿Odio? ¿Las tres cosas a la vez? ¿Por qué? ¿Porque Darry estaba allí y nos representaba a nosotros, o quizá Paul sentía desprecio y compasión y odio por los *greasers*? Darry no había movido un solo músculo ni había cambiado de expresión, pero ahora se veía que odiaba a Paul. No eran sólo celos; Darry tenía todo el derecho del mundo a estar celoso; le avergonzaba estar de nuestra parte, le avergonzaba que le vieran con los chicos de Brumly, con la pandilla de Shepard, puede que incluso con nosotros. Y nadie se había dado cuenta de ello excepto Soda y yo. A nadie le importaba, excepto a Soda y a mí.

Esto es absurdo, pensé de pronto, los dos son más inteligentes que eso. ¿Qué diferencia supone estar en un bando o en otro?

–Yo mismo –dijo Paul, y algo como una sonrisa cruzó la cara de Darry. Supe que Darry tenía muy claro que podría vérselas con Paul en cualquier momento. Pero eso era hace dos o tres años. ¿Y si Paul fuera ahora mejor? Tragué. Ninguno de mis hermanos había salido derrotado nunca de una pelea, pero yo no estaba apostando lo más mínimo para que alguien fuera a batir su récord.

Se movieron en círculo bajo la luz, en sentido contrario a las agujas del reloj, mirándose uno al otro, tomándose la talla, puede que recordando antiguos defectos y preguntándose si seguirían teniéndolos. El resto de nosotros esperaba con tensión creciente. Me acordé de los libros de Jack London, ya sabes, esos pasajes en que toda la manada de lobos espera que uno o dos de ellos caigan en la pelea. Pero aquí era distinto. En el instante en que cualquiera de los dos soltase un golpe, la pelea habría comenzado.

El silencio se hizo más y más pesado; oía el áspero jadear de los chicos que tenía cerca. Darry y el *soc* seguían trazando lentos círculos. Hasta yo mismo podía sentir su odio. Antes fueron colegas, pensé, fueron amigos, y ahora se odiaban el uno al otro porque uno tiene que trabajar para ganarse la vida y el otro viene del West Side. No deberían odiarse uno al otro… Yo ya no odio a los *socs*… No deberían odiarse.

–¡Un momento! –gritó una voz conocida–. ¡Un momento!

Darry se volvió para ver quién era y Paul le tiró un derechazo a la mandíbula que habría tumbado a cualquiera excepto a Darry. La pelea había comenzado. Dallas Winston vino a todo correr para unírsenos.

No pude encontrar a un soc de mi tamaño, así que agarré a uno parecido y me eché encima de él. Dallas estaba justo a mi lado, dispuesto a comerse a cualquiera.

–Creía que estabas en el hospital –grité a la vez que el soc me tiraba al suelo y yo me echaba a rodar para evitar sufrir las patadas de turno.

–Estaba –Dally lo estaba pasando mal porque su brazo izquierdo no estaba todavía en condiciones– Pero ahora no.

–¿Cómo? –me las arreglé para preguntarle mientras el soc con el que estaba peleando me saltaba encima y rodábamos cerca de Dally.

–Convencí a la enfermera con la navaja de Two-Bit. ¿No sabes ya que una pelea no es una pelea a menos que esté yo en ella?

No pude responder porque el *soc*, que era mucho más pesado de lo que yo creía, me tenía inmovilizado y me estaba aporreando hasta hacerme perder el sentido. Medio mareado, pensé que me iba a soltar un par de dientes o romperme la nariz o algo así, y supe que no tenía nada que hacer. Pero Darry no me quitaba el ojo de encima; cogió al tipo aquel por el hombro y lo levantó del suelo antes de tirarlo con un mazazo de miedo. Decidí que sería justo que ayudase a Dally, ya que sólo podía usar un brazo.

Estaban aporreándose de lo lindo, pero Dallas se estaba llevando la peor parte, así que le salté al *soc* a la espalda, le tiré del pelo y lo abofeteé. Se giró, me agarró por el cuello y me tiró al suelo por encima de la cabeza. Tim Shepard, que estaba peleando con dos a la vez, me pisó sin querer y me dejó sin respiración. Pronto estuve en pie, nada más recuperar el aliento, y volví a saltarle al *soc* por detrás, haciendo todo lo posible por estrangularle. Mientras él intentaba deshacerse de mis dedos, Dally le soltó una en todo el morro, así que los tres caímos al suelo jadeando, soltando palabrotas y puñetazos.

Alguien me dio una patada en las costillas y grité aun sin querer. Algún *soc* había tumbado a uno de los nuestros y me estaba pateando con toda su fuerza. Tenía ambas manos cogidas al cuello del otro *soc* y me negaba a soltarlo. Dally lo estaba aporreando y yo seguía allí colgado, a la desesperada, aunque aquel otro *soc* me estaba dando patadas sin parar, y bien puedes creer que eso duele. Finalmente me soltó una patada tan fuerte en la cabeza que me dejó sin sentido, y me quedé allí tumbado, intentando aclararme la mente y tratando de no perder el conocimiento. Oía todo el escándalo, pero muy apagado por el zumbido que tenía en los oídos. Las numerosas magulladuras que tenía en la espalda y en la cara me hacían daño, pero me sentía lejano del dolor, como si no fuera yo quien lo sufriese.

–¡Están corriendo! –oí que gritaba una voz con júbilo–. ¡Mira cómo corren los muy…!

Me pareció que la voz pertenecía a Two-Bit, pero no podía estar seguro. Intenté sentarme y vi que los *socs* se estaban metiendo en sus carros y se iban. Tim Shepard estaba jurando en arameo porque le habían vuelto a romper la nariz, y el jefe de los chicos de Brumly estaba dándole un coscorrón a uno de los suyos porque había roto las reglas al usar un trozo de tubería en la pelea. Steve estaba doblado y gruñía a unos diez de donde estaba yo. Más tarde descubrimos que tenía tres costillas rotas. Sodapop estaba a su lado, hablándole en voz baja y reconfortante. Tuve que mirar dos veces cuando vi a Two-Bit: le chorreaba la sangre por un lado de la cara y tenía una mano completamente abierta pero sonreía completamente feliz porque los *socs* habían echado a correr.

–Hemos ganado –anunció Darry con voz cansada. Se le iba a poner un ojo morado y tenía un corte en la frente–. Hemos derrotado a los *socs*.

Dally se estuvo quieto a mi lado durante un minuto, intentando terminar de entender el hecho de que hubiéramos derrotado a los *socs*. Luego me agarró por la camisa.

–¡Ven! –y me puso en pie de un tirón. Medio me arrastró por la calle–. Vamos a ver a Johnny.

Intenté correr, pero tropezaba, y Dally me empujaba con impaciencia.

–¡Date prisa! Estaba empeorando cuando me fui. Quiere verte.

No me explico cómo podía Dallas correr tan deprisa, después de los golpes que se había llevado, y además con el brazo dolorido, pero procuré no quedarme atrás. Las carreras de atletismo nunca fueron como la de aquella noche. Seguía estando mareado y sólo tenuemente me daba cuenta de a dónde iba y por qué.

Dally tenía el carro de Buck Merril parqueado enfrente de casa; entramos de golpe. Me senté rígidamente mientras Dally hacía rugir el motor calle abajo. Estábamos en la calle Diez cuando una sirena vino por detrás de nosotros y vi el reflejo de la luz roja girando en el parabrisas.

–Haz como que estás enfermo –me ordenó Dally–. Les diré que te llevo al hospital, lo que por otra parte es bien cierto.

Me apoyé contra el cristal frío de la ventana y procuré hacerme el enfermo, cosa que no me costó mucho trabajo, tal y como me encontraba en ese momento.

El policía parecía disgustado.

–Ajá, colega, ¿dónde está el fuego?

–El chico –Dally me señaló con el pulgar– se ha caído de la moto y le llevo a toda velocidad al hospital.

Gruñí, y no por fingir. Imagino que tenía mala cara, con todos los cortes y magulladuras que llevaba encima.

El poli cambió de tono.

–¿Está muy mal? ¿Necesitas una escolta?

–¿Cómo puedo yo saber si está mal o no? No soy médico. Bueno, la escolta no nos vendrá mal –y según volvió el policía a su carro, Dally susurró–: ¡Imbécil!

Con la sirena por delante de nosotros llegamos al hospital en un tiempo récord. Durante todo el camino Dally no dejó de hablar, pero yo estaba demasiado mareado para enterarme de lo que decía.

–Estaba loco, ¿sabías eso, nene? Loco por querer que Johnny no se metiera en líos, por intentar mantenerle alejado de las broncas y que no se echara a perder. Si hubiese sido como yo nunca se habría metido en esta historia. Si fuera listo como yo nunca hubiese entrado en esa iglesia. Eso es lo que sacas por ayudar a la gente. Editoriales en el periódico y un montón de problemas… Más te vale que espabiles, Pony… Tú vuélvete rudo como yo y no te dejes herir. Cuídate y no te pasará nada…

Dijo muchas más cosas, pero no lo entendí todo. Tenía la estúpida sensación de que Dally había perdido la cabeza por como seguía rajando, porque Dallas nunca hablaba así, pero ahora creo que lo habría entendido si no hubiese estado enfermo.

Los polis nos dejaron en el hospital mientras Dallas fingía ayudarme a salir del carro. En cuanto los polis se marcharon, Dally me soltó tan rápido que a poco me caigo.

–¡Deprisa!

Corrimos por la entrada, que estaba atiborrada de gente, hacia el ascensor. Unos cuantos nos gritaron, creo que porque teníamos un aspecto lamentable, pero Dally no tenía en la cabeza otra cosa que no fuera Johnny, y yo estaba demasiado confuso para enterarme de nada, excepto de que tenía que seguir a Dallas. Cuando llegamos por fin a la habitación de Johnny, el médico nos detuvo.

–Lo siento, chicos, pero se está muriendo.

–Tenemos que verle –dijo Dally, y sacó la navaja de Two-Bit. Le temblaba la voz–. Vamos a verlo como sea, y si se te ocurre impedírmelo, ten por seguro que terminarás en tu propia mesa de operaciones.

El médico ni siquiera parpadeó.

–Podéis verle, pero porque sois sus amigos, no por esa navaja.

Dally le miró un momento y luego guardó la navaja. Entramos los dos en la habitación de Johnny y nos paramos un segundo a recuperar la respiración con pesados jadeos. Aquello estaba terriblemente en calma. Estaba tan en calma que daba miedo. Mire a Johnny. Estaba muy quieto, y por un momento pensé angustiado: «Ya se ha muerto; llegamos tarde».

Dally tragó, secándose el sudor del bigote..

–¿Johnnycake? –dijo con voz áspera–. ¿Johnny?

Johnny se estiró débilmente, luego abrió los ojos.

–Eh –consiguió decir con suavidad.

–Hemos ganado –resolló Dally–. Hemos derrotado a los *socs*. Los hemos machacado, los hemos perseguido hasta echarlos de nuestro territorio.

Johnny ni siquiera intentó sonreírle.

–Inútil… pelear no sirve… –estaba terriblemente blanco.

Dally se mojó los labios con nerviosismo.

–Aún siguen escribiendo artículos sobre ti en el periódico. Por ser un héroe –hablaba demasiado deprisa y demasiado tranquilamente–. Sí, te llaman héroe y nos están convirtiendo en héroes a todos los *greasers*. Todos estamos orgullosos de ti, colega.

A Johnny le brillaron los ojos. Dally estaba orgulloso de él. Eso es lo que Johnny siempre había querido.

–Ponyboy.

Apenas si le oí. Me acerqué y me incliné sobre él para oír lo que iba a decirme.

–Sigue siendo dorado. Ponyboy. Sigue dorado… –la almohada pareció hundirse un poco, y Johnny murió.

Habrás leído que la gente parece dormir tranquilamente cuando está muerta, pero no es cierto. Johnny simplemente parecía estar muerto. Como una vela de la que hubiese desaparecido la llama. Intenté decir algo, pero no conseguí emitir ni un sonido.

Dally tragó y se acercó a echarle el pelo a Johnny hacia atrás.

–Nunca lo pudo llevar bien peinado… eso es lo que consigues por intentar ayudar a la gente, pequeño idiota, eso es lo que consigues…

Se giró de repente y se dejó caer hacia atrás, contra la pared. Se le contrajo la cara de dolor, y el sudor le cayó a chorros por la cara.

–Mierda, Johnny… –suplicó descargando el puño contra la pared y martilleando, como si así pudiera hacer realidad su deseo–. Mierda, Johnny, no te mueras, por favor, no te mueras…

De repente salió como una centella por la puerta y escapó corriendo.

CAPÍTULO 10

Bajé a la entrada en medio de una nube. Dally se había llevado el carro y empecé el largo trecho hasta casa sumido en el estupor. Johnny estaba muerto. Pero no lo estaba. Aquel cuerpo quieto que había en el hospital no era Johnny. Johnny debía estar en cualquier otro sitio, quizá dormido en el solar, o jugando a la máquina en la bolera, o sentado en los escalones traseros de la iglesia de Windrixville. Me iría a casa y pasaría por el solar, y Johnny estaría allí sentado en el bordillo, fumándose un cigarro, y hasta puede que nos tumbásemos a mirar las estrellas. No está muerto, me dije a mí mismo. Me autoconvencí de que no estaba muerto.

Debí de haber caminado durante horas sin rumbo fijo; a veces incluso por medio de la calle, llevándome unos cuantos pitazos y maldiciones. Quizás hubiese trastabillado por ahí toda la noche de no haber sido por un hombre que me preguntó si quería que me llevase a alguna parte.

–¿Qué? Ah, sí, supongo –dije. Me subí al carro. El hombre, que tendría veintitantos años, me miró.

–Chico, ¿estás bien? Parece como si vinieras de una pelea.

–Es que vengo de una pelea. Una pelea entre pandillas. Estoy bien. –«Johnny no está muerto», me dije a mí mismo, y me lo creí.

–Me jode decirte esto, chico –dijo el tipo aquel secamente–, pero me estás poniendo los asientos perdidos de sangre.

Parpadeé.

–¿De verdad?

–Tu cabeza.

Alcancé, para rascarme, el lado de la cabeza que durante un buen rato me había estado picando. Y al mirarme la mano, me la encontré empapada de sangre.

–Joder, señor, lo siento –dije pasmado.

–No te preocupes. Este cacharro las ha pasado peores. ¿Cuál es tu dirección? No voy a dejar por ahí tirado a un chico a estas horas de la noche.

Se la dije. Me llevó a casa y bajé del carro.

–Un montón de gracias.

Me saludó con la mano.

–Sencillamente, soy un gran tipo –hizo rugir el motor, y se largó.

Lo que quedaba de la pandilla estaba en el cuarto de estar. Steve estaba tumbado en el sofá, con la camisa desabrochada y una venda en el torso. Tenía los ojos cerrados, pero cuando la puerta sonó detrás de mí, los abrió y de repente me pregunté si mis ojos parecían tan febriles y aturdidos como los suyos. Soda tenía un corte bastante ancho en el labio y una magulladura en la mejilla. En la frente de Darry había una tirita, y tenía además un ojo morado. Uno de los lados de la cara de Two-Bit estaba vendado; más tarde me enteré de que tenía cuatro puntos en la mejilla y siete en la mano, que se había abierto rompiéndose los nudillos contra la cabeza de un *soc*. Todos andaban por allí, leyendo el periódico y fumando.

¿A dónde ha ido a parar la fiesta?, pensé sombríamente. ¿No tenían Soda y Steve una fiesta planeada para después de la pelea? Todos me miraron cuando entré. Darry se puso en pie de un salto.

–¿Dónde has estado?

Oh, no empecemos de nuevo, pensé. Se paró de pronto.

–Ponyboy, ¿qué pasa?

Los miré a todos. Un poco asustado.

–Johnny… está muerto –mi voz me sonó extraña hasta a mí mismo. Pero no está muerto, dijo una voz dentro de mi cabeza–. Le contamos que habíamos ganado a los *socs* y… no sé, se murió sin más. –Me dijo que permaneciera dorado, recordé. ¿De qué estaría hablando?

Se hizo un silencio de tristeza. No creo que ninguno de nosotros se hubiera dado cuenta de lo mal que estaba Johnny. Soda emitió un curioso sonido, como si fuera a echarse a llorar. Two-Bit tenía los ojos cerrados y los dientes prietos, y de repente me acordé de Dally… de cómo Dally había aporreado la pared…

–Dallas se fue –dije–. Salió corriendo como si le persiguiera el diablo. Va a reventar. No pudo admitirlo.

Es que, ¿cómo puedo admitirlo yo? Dally es mucho más duro que yo. ¿Cómo puedo admitirlo yo si Dally no puede? Y entonces lo supe. Johnny era lo único que Dallas amaba. Y ahora Johnny ya no estaba.

–Así que por fin se ha roto –Two-Bit dio voz a los sentimientos de todos–. Así que hasta el mismísimo Dally tiene una grieta.

Me eché a temblar. Darry le dijo algo a Soda en voz baja.

–Ponyboy –me dijo Soda suavemente, como si estuviera hablándole a un animal herido–, pareces enfermo. Siéntate.

Retrocedí, igual que un animal asustado, zarandeando la cabeza.

–Estoy bien –dije. Me sentía enfermo. Me sentía como si en cualquier instante fuera a caer redondo, pero sacudí la cabeza–. No quiero sentarme.

Darry dio un paso hacia mí, pero yo retrocedí.

–No me toques –el corazón me latía con pulso lento, me palpitaba el lado derecho de la cabeza, y me pregunté si todos los demás lo oían igual que yo. Quizá por eso me están mirando todos, pensé, porque oyen cómo me late el corazón…

Sonó el teléfono, y tras un momento de duda, Darry se giró para cogerlo. Dijo «Hola» y escuchó. Colgó rápidamente.

–Era Dally. Llamaba de una cabina. Acaba de robar una tienda y le persigue la policía. Tenemos que esconderlo. Estará en el solar dentro de un momento.

Salimos de casa a todo correr, incluido Steve, y me extrañó que esta vez nadie diera saltos mortales por las escaleras. Las cosas se deslizaban dentro y fuera del foco, y me pareció divertido que no pudiese correr en línea recta.

Llegamos al solar justo cuando se presentaba Dally, corriendo tan aprisa como podía desde la dirección opuesta. Crecía el gemido de una sirena, y un carro de policía salió por una calle directamente al solar. Abrieron de golpe las puertas y saltaron los policías. Dally había alcanzado el círculo de luz que proyectaba la farola, se detuvo de pronto y sacó algo negro de su cintura.

Me acordé de su voz: «Llevo una pistola. No está cargada, pero sirve para asustar.»

Fue ayer cuando Dally nos había dicho eso a Johnny y a mí. Pero hacía años que fue ayer. Hacía una eternidad.

Dally levantó la pistola y yo pensé: Jodido imbécil. Ellos no saben que estás faroleando. Y cuando las pistolas de los policías escupieron fuego en la noche me di cuenta de que eso es lo que él quería. Le dio una sacudida el impacto de las balas, y luego se acuclilló lentamente con una mueca de triunfo en la cara. Estaba muerto antes de darse contra el suelo. Pero supe que eso era lo que él quería; incluso cuando el solar devolvió el eco de los disparos, incluso cuando supliqué en silencio «No, por favor, él no... él y Johnny no», supe que moriría, porque Dallas Winston quería morir y siempre consiguió lo que se propuso.

Nadie escribiría un artículo ensalzando a Dally. Aquella noche habían muerto dos amigos míos: uno, un héroe, el otro, un *hood*. Pero me acordé de cómo Dally había sacado a Johnny por la ventana de la iglesia en llamas; de cómo Dally nos dio una pistola, aunque eso pudiera suponerle la cana; de cómo Dally se había jugado la vida por nosotros al intentar apartar a Johnny de las broncas. Y ahora era un delincuente juvenil muerto y no habría ni un solo artículo en su favor. Dally no murió como un héroe. Murió con violencia, joven y desesperado, tal como todos sabíamos que ocurriría tarde o temprano. Igual que Tim Shepard y Curly y los chicos de Brumly y todos los demás morirían algún día. Pero Johnny se lo hizo bien, murió galantemente.

Steve trastabilló adelante con un sollozo, pero Soda le cogió por los hombros.

–Tómatelo con calma, colega –oí que le decía con suavidad–, ahora ya no podemos hacer nada.

No podemos hacer nada... ni por Dally ni por Johnny ni por Tim Shepard ni por ninguno de nosotros... El estómago me dio un retortijón y me convertí en un pedazo de hielo. El mundo daba vueltas a mi alrededor, y manchas de caras y visiones y cosas pasadas se pusieron a bailar en la neblina roja que cubría el solar. Todo giró en una masa de colores y sentí que me fallaban los pies. Alguien gritó:

–¡Dios, mirad al chico!

Y el suelo se elevó a toda velocidad para encontrarse conmigo de repente.

Cuando me desperté había luz. Todo estaba terriblemente en calma. Demasiado en calma. Es decir, nuestra casa por lo general no está tan tranquila. Normalmente la radio está puesta a todo volumen y la tele está bien alta y la gente anda de pelea y tropieza con las lámparas y con la mesa del café y se chillan unos a otros. Algo fallaba, pero no podía saber qué. Algo había ocurrido... no podía recordar qué. Parpadeé mirando a Soda con perplejidad. Estaba sentado al borde de la cama y me miraba.

–Soda... –la voz me sonó débil y áspera–, ¿hay alguien enfermo?

–Sí –tenía la voz extrañamente amable–. Ahora, vuelve a dormirte.

Una idea se iba iluminando en mi interior.

–¿Estoy yo enfermo?

Me acarició el pelo.

–Sí, estás enfermo. Pero estate tranquilo.

Tenía una pregunta más. Estaba bastante confuso.

–¿Darry está preocupado de que me haya puesto enfermo? –tenía la curiosa sensación de que Darry estaba triste porque yo estaba enfermo. Todo parecía vago y neblinoso.

Soda me miró entretenido. Se estuvo quieto un instante.

–Sí, está preocupado de que estés enfermo. Ahora, por favor, cállate, ¿vale, encanto? Vuelve a dormirte.

Cerré los ojos. Estaba terriblemente cansado.

La siguiente vez que me desperté entraba la luz del día y tenía calor debajo de todas las mantas que me habían echado. Tenía hambre y sed, pero mi estómago seguía tan inseguro que supe que sería incapaz de meterme nada en el cuerpo. Darry se había traído el sillón al dormitorio y estaba dormido en él. Tendría que estar trabajando, pensé. ¿Cómo es que está dormido en el sillón?

–Eh, Darry –dije suavemente, zarandeándole la rodilla–. Eh, Darry despierta.

Abrió los ojos.

–Ponyboy, ¿estás bien?

–Sí –dije–, eso creo.

Algo había ocurrido… pero todavía era incapaz de recordarlo, aunque discurría con mucha más claridad que la última vez que me desperté.

Suspiró aliviado y me echó el pelo hacia atrás.

–Joder, nene, nos has dado un susto del diablo –sacudió la cabeza–. Te dije que no estabas en forma para una pelea. Cansancio, conmoción leve… Y Two-Bit vino balbuceando no sé qué cuento de que ya tenías fiebre antes de la pelea y que era culpa suya que tú estuvieras enfermo. Aquella noche estaba hecho polvo –dijo Darry. Se estuvo callado un momento–. Todos lo estábamos.

Y entonces me acordé de que Dallas y Johnny habían muerto. No pienses en ellos, me dije. (No te acuerdes de que Johnny era tu tronco, no te acuerdes de que no quería morir. No pienses en cómo entró Dallas en el hospital, en cómo se arrugó bajo la farola. Procura pensar que Johnny está bastante mejor, procura acordarte de que Dallas habría terminado así antes o después. Mejor que todo, no pienses. Deja la mente en blanco. No te acuerdes).

–¿De qué tengo la conmoción? –me picaba la cabeza, pero no pude rascármela por la venda–. ¿Cuánto tiempo he dormido?

–La conmoción la tienes de las patadas que te dieron en la cabeza; Soda no lo vio todo. Cayó con toda su fuerza sobre aquel *soc*. En la vida le he visto tan enloquecido. Para mí que podría haber acabado con cualquiera, tal como estaba. Hoy es martes, y has estado durmiendo y delirando desde el sábado por la noche. ¿Te acuerdas?

–No –dije despacio–. Darry, no voy a ser capaz de recuperar todas las clases que he perdido. Y, además, tengo que ir a juicio y hablar con la policía sobre la muerte de Bob. Y ahora… con Dally… –respiré hondo–. ¿Tú crees que van a separarnos? ¿Que me van a meter en un reformatorio?

Estaba callado.

–No lo sé, Pony. En serio que no lo sé.

Me quedé mirando al techo. ¿Qué tal sería, me pregunté, quedarse mirando a un techo distinto? ¿Cómo sería estar tumbado en una cama distinta, en un cuarto distinto? Aún tenía un nudo en la garganta, un nudo que no podía tragar.

–¿Ni siquiera te acuerdas de haber estado en el hospital? –preguntó Darry. Intentaba cambiar de conversación.

Negué con la cabeza.

–No, no me acuerdo.

–No hacías más que llamarnos a mí y a Soda. A veces, a mamá y a papá también. Pero sobre todo a Soda.

Algo en el tono de su voz me hizo mirarle. Sobre todo a Soda. ¿Había llamado también a Darry, o simplemente era él quien lo decía?

–Darry… –no sabía qué quería decirle. Pero tenía la impresión de que quizá no le hubiese llamado a él mientras estuve delirando, de que quizá sólo quise tener conmigo a Sodapop. ¿Qué más había dicho mientras estaba enfermo? No pude acordarme. No quise acordarme.

–Johnny te dejó a ti su ejemplar de *Lo que el viento se llevó*. Le dijo a la enfermera que quería que tú te lo quedases.

Miré el libro, que estaba sobre la mesa. No quería terminarlo. Nunca pasaría de la parte en que los caballeros sureños cabalgan hacia una muerte segura sólo porque son galantes. Caballeros sureños de grandes ojos negros y vestidos con *jeans* y camisetas, caballeros sureños abatidos bajo las farolas. No te acuerdes. No intentes decidir cuál de los dos murió galantemente. No te acuerdes.

–¿Dónde está Soda? –pregunté, y en ese mismo instante podría haberme dado una patada por idiota. ¿Por qué no puedes hablar con Darry, imbécil?, me dije a mí mismo. ¿Por qué te sientes incómodo hablando con Darry?

–Durmiendo, espero. Creí que iba a quedarse dormido esta mañana mientras se afeitaba y que se iba a cortar el cuello. Tuve que meterlo en la cama a empujones, pero nada más meterse en ella se durmió como un lirón.

Las esperanzas de Darry de que Soda estuviese dormido cayeron por tierra a continuación, porque Soda entró corriendo, sólo con los *jeans* puestos.

–Eh, Ponyboy –gritó, y saltó hacia mí, pero Darry lo detuvo.

–Nada de rudezas, coleguilla.

Así que Soda tuvo que conformarse con pegar golpes en la cama y darme palmadas en el hombro.

–Joder, pero si estabas enfermo. ¿Te encuentras bien ahora?

–Estoy bien. Tengo un poco de hambre.

–Eso imaginaba –dijo Darry–. No has comido nada durante casi todo el tiempo que has estado enfermo. ¿Qué te parece un poco de sopa de setas?

De repente me di cuenta de lo vacío que estaba.

–Oye, eso estaría de maravilla.

–Iré a hacerla. Sodapop, tómatelo con calma con él, ¿vale?

Soda le devolvió la mirada indignado.

–¿Qué te crees, que voy a retarle a una carrera o algo por el estilo?

–Oh, no –gruñí–. El atletismo. Imagino que esto me mantendrá apartado de todas las carreras. No estaré en forma para las pruebas. Y eso que el entrenador contaba conmigo.

–Pony, siempre te queda el año que viene –dijo Soda. Soda nunca se ha dado cuenta de la importancia que Darry y yo le damos al atletismo. Tampoco ha entendido nunca por qué estudiábamos tanto–. Oye, no fastidies ahora con el atletismo.

–Soda –le dije de repente–. ¿Qué dije mientras estaba delirando?

–Bueno, la mayor parte del tiempo creías que estabas en Windrixville. Después no hacías más que decir que Johnny no quería matar a ese *soc*. Y no sabía que no te gustaran las chucherías.

Me quedé frío.

–No me gustan. Nunca me han gustado.

Soda se me quedó mirando fijamente.

–Pues antes solías comerlas. Por esa razón no querías comer nada mientras estabas enfermo. No hacías más que decir que no te gustaban las chucherías, sin importarte que intentáramos darte de comer.

–No me gustan –repetí–. Soda, ¿llamé a Darry cuando estaba enfermo?

–Claro que sí –dijo mirándome con extrañeza–. Nos llamabas a los dos. A veces, a mamá y a papá. Y también a Johnny.

–Ah. Creí que a lo mejor no había llamado a Darry. Eso me estaba jodiendo.

Soda sonrió.

–Bueno, pues sí que le llamaste, así que no te preocupes. Estuvimos tanto tiempo contigo que el médico nos dijo que íbamos a terminar nosotros en el hospital si no dormíamos un poco. Pero no dormimos nada, de todas formas.

Le miré de arriba a abajo. Tenía todo el aspecto de estar hecho polvo. Tenía ojeras, y un aspecto demasiado tenso y cansado como para ser él mismo. Pese a todo, se le reían los ojos y estaba despreocupado y tranquilo.

–Estás hecho una pena –le dije con franqueza–. Me juego cualquier cosa a que no has dormido ni tres horas desde el sábado por la noche.

Sonrió, pero no intentó negarlo.

–Te dejo –reptó por encima de mí y se dejó caer, y antes de que volviera Darry con la sopa, estábamos dormidos los dos.

CAPÍTULO 11

Tuve que quedarme en cama una semana entera después de aquello. Eso me jodía; no soy de esos que pueden estarse tumbados y mirando al techo todo el tiempo. La mayor parte del tiempo leía y dibujaba. Un día me puse a hojear uno de los anuarios de Soda y me encontré con una foto que me resultaba familiar. Ni siquiera cuando leí el nombre, Robert Sheldon, caí en la cuenta de quién era. Por fin me di cuenta de que era Bob. La miré durante un buen rato.

El de la foto no se parecía gran cosa al Bob que yo recordaba, pero nadie se parece nunca a la foto que sale en el anuario. Aquél era su segundo año; eso quería decir que tenía dieciocho años cuando murió. Sí, era guapo incluso entonces, tenía una sonrisa que me recordaba la de Soda, una sonrisa inquieta. Era un chico apuesto, de pelo negro y ojos oscuros, quizá castaños, como los de Soda, quizás azul oscuro, como los de Shepard. Quizá tuviera los ojos negros. Como

Johnny. Nunca me había parado a pensar en Bob; no había tenido tiempo de pensar. Pero aquel día estuve dándole vueltas. ¿Cómo era?

Supe que le gustaba andar de pelea, que tenía la habitual creencia de los *socs* de que vivir en el West Side te convierte en el señor Súper, que tenía un aire estupendo con sus jerseys color vino, y que estaba orgulloso de sus anillos. Pero, ¿y el Bob que conocía Cherry Valance? Ella era una chica lista; él no le gustaba sólo porque era guapo. Dulce y amistoso, destaca de entre los demás: eso es lo que ella había dicho. Una persona de verdad, el mejor colega que nadie haya tenido nunca, intentaba conseguir que alguien le parase los pies: Randy me había dicho eso. ¿Tenía un hermano pequeño que lo hubiese convertido en un ídolo? ¿Quizás un hermano mayor que no dejó de decirle que no fuera un salvaje? Sus padres le dejaron que se convirtiera en un salvaje… ¿porque lo querían demasiado o demasiado poco? ¿Nos odiaban ellos ahora? Albergué la esperanza de que nos odiaran, de que no estuvieran llenos de la basura esa de «pena–de–víctimas–del–entorno» que los asistentes sociales le soltaban a Curly Shepard cada vez que lo metían en el reformatorio. Prefiero mucho más tener el odio de alguien que su piedad. Pero claro que quizás ellos hubiesen entendido, como Cherry Valance. Miré la foto de Bob y pude empezar a ver a la persona que habíamos matado. Un chico inquieto, de temperamento caliente, osado y asustadizo a la vez.

–Ponyboy.

–¿Sí? –no alcé la vista. Creí que era el médico. Había venido a verme casi todos los días, aunque no hacía mucho más que hablar conmigo.

–Hay ahí un tipo que quiere hablar contigo. Dice que te conoce –algo que había en la voz de Darry me hizo levantar la vista, y él tenía los ojos duros–. Se llama Randy.

–Sí, le conozco –dije.

–¿Quieres verle?

–Sí –me encogí de hombros–. Claro, ¿por qué no?

Unos cuantos tipos del Insti se habían dejado caer por allí para verme; tengo bastantes amigos en el Insti, aunque soy más joven que la mayor parte, y no hablamos gran cosa. Pero eso es lo que son, amigos del Insti, no colegas. Me alegré de verlos, pero me molestó también, pues vivimos en un barrio piojoso y nuestra casa no es precisamente una maravilla. Tiene un aspecto desolado y todo eso, y el interior tiene un aire pobretón, aunque para ser todos chicos hacemos un buen trabajo a la hora de limpiar. La mayor parte de mis amigos del Insti son de casas buenas, no ricos de mierda como los *socs*, pero de clase media en cualquier caso. Era curioso que me jodiera ver a mis amigos en mi casa. Pero no podría haberme importado menos lo que pudiera pensar Randy.

–Hola, Ponyboy –Randy parecía incómodo, parado en la puerta.

–Hola, Randy –dije–. Siéntate, si es que puedes encontrar dónde. –Había libros por todas partes. Quitó un par de ellos de una silla y se sentó.

–¿Cómo te encuentras? Me dijo Cherry que sale tu nombre en el boletín del Instituto.

–Estoy bien. Mi nombre no pasa desapercibido en ninguna clase de boletín.

Aún parecía estar incómodo, pese a que intentaba sonreír.

–¿Quieres fumar? –le ofrecí un tabaco, pero sacudió la cabeza.

–No, gracias. Eeeh, Ponyboy, una de las razones por las que he venido es para ver si estás bien, pero tú, o sea, nosotros, tenemos que ver mañana al juez.

–Sí –dije mientras encendía el cigarro–. Ya lo sé. Eh, avisa si ves venir a alguno de mis hermanos. Como me vean fumando en la cama me la cargo.

–Mi padre dice que si digo la verdad, eso no hará daño a nadie. Está bastante molesto por todo esto. Es decir, mi padre es un buen tipo y todo eso, mejor que la mayoría, y en cierto modo le he decepcionado al mezclarme con todo esto.

Le miré. Era el comentario más estúpido que le hubiera oído a nadie en mi vida. ¿Creía que él estaba mezclado en esto? Él no había matado a nadie, no se había roto la cabeza en una pelea, no era su colega el que había caído de un disparo bajo una farola, ¿qué tenía él que perder? Su viejo era rico, podía pagar cualquier multa que le cayera encima por andar borracho y meterse en una trifulca.

–Lo de la multa me da igual –dijo Randy–, pero me siento como un piojoso delante del viejo. Y es la primera vez que siento algo en mucho tiempo.

La única cosa que yo había sentido durante mucho tiempo había sido el miedo. Un miedo de los de quedarse tieso. Había aplazado el pensar en el juez y en la vista durante todo el tiempo que pudiera. A Soda y a Darry tampoco les hacía gracia hablar de ello, así que todos pasamos los días contándolos en silencio mientras estuve enfermo, contando los días que nos quedaban de estar juntos. Pero al meterse Randy tan sólidamente en materia era imposible pensar en cualquier otra cosa. El cigarro me empezó a temblar.

–Supongo que a tus viejos también les habrá sentado como un tiro.

–Mis padres están muertos. Vivo aquí sólo con Darry y con Soda, mis hermanos –le di una larga calada al cigarro–. Eso es lo que me preocupa. Si el juez decide que Darry no es un buen guardián o algo así, es probable que me metan en una correccional en algún sitio. Esa es la parte podrida de todo este asunto. Darry *es* un buen guardián; me hace estudiar y siempre sabe dónde estoy y con quién estoy. Es decir, a veces no nos levantamos tan bien, pero él me mantiene apartado de jaleo, o al menos antes lo hacía. Mi padre no me chillaba tanto como él.

–No lo sabía –Randy parecía preocupado, en serio. Fíjate. Un *soc* preocupado porque un *greaser* estaba camino de una correccional. Eso sí que fue divertido. Es decir, no exactamente divertido. Ya sabes qué quiero decir.

–Escúchame, Pony. Tú no hiciste nada. Fue tu amigo quien tenía la navaja...

–Yo la tenía –le paré en seco. Me estaba mirando con extrañeza–. Yo tenía la navaja. Yo maté a Bob.

Randy sacudió la cabeza.

–Yo lo vi todo. Tú estabas medio ahogado. Fue el chico de pelo negro el que tenía la navaja. Bob le asustó y él hizo lo que hizo. Yo lo vi.

Yo estaba aturdido.

–Yo lo maté. Yo tenía la navaja y tenía miedo de que me fueran a machacar.

–No, Pony, fue tu amigo, el que murió en el hospital…

–Johnny no ha muerto –me temblaba la voz–. Johnny no ha muerto.

–Oye, Randy –Darry metió la cabeza por la puerta–, creo que es mejor que te vayas.

–Claro –dijo Randy. Me seguía mirando de manera un tanto curiosa–. Nos vemos, Pony.

–No le digas nada sobre Johnny, nunca más –oí que Darry le decía en voz baja según salían–. Está todavía bastante atormentado mental y emocionalmente. El médico dijo que lo superará si le damos tiempo.

Tragué con dificultad y parpadeé. Aquel tipo era igual que todos los demás *socs*. Ruin y de sangre fría. Johnny no tenía nada que ver con la muerte de Bob.

–Ponyboy Curtis, apaga ese cigarro.

–Vale, vale –lo apagué–. No voy a quedarme dormido con un cigarro en la mano, Darry. Si te empeñas en que siga en la cama, no puedo fumar en ningún otro sitio.

–Tampoco te vas a morir si no consigues un cigarro. Pero sí que te morirás si esa cama arde. No podrías llegar hasta la puerta con todo este desorden.

–Joder, yo no puedo recogerlo todo, y Soda no lo hace, así que supongo que queda para ti –me estaba echando una de sus miradas–. De acuerdo, de acuerdo –dije–, no queda para ti. Igual Soda lo arregla un poco.

–A lo mejor podrías ser un poco más ordenado, ¿no, coleguilla?

Antes nunca me había llamado así. Soda era el único que me llamaba «coleguilla».

–Desde luego –dije–, tendré más cuidado.

CAPÍTULO 12

La vista no fue como yo pensaba que sería. Además de Darry, y Soda y yo, no había nadie allí, excepto Randy y sus padres, y Cherry y los suyos, y un par de tipos de los que aquella noche nos asaltaron a Johnny y a mí. No sé cómo esperaba que fuera todo el asunto; imagino que he visto demasiadas películas de Perry Mason. ¡Ah!, sí también estaba el médico, y tuvo una larga conversación con el juez antes de la vista. Entonces no sabía qué tenía él que ver con todo aquello, pero ahora si lo sé.

Primero interrogaron a Randy. Parecía un poco nervioso, y deseé que le dejaran fumarse un cigarro. Ojalá me dejasen a mí también; yo estaba más que un poco tembloroso. Darry me había dicho que tuviera la boca bien cerrada, sin importar qué dijeran Randy o cualquiera de los otros, que ya me tocaría el turno. Todos los *socs* contaron la misma historia, y se atuvieran a la verdad, salvo que dijeron que Johnny había matado a Bob; pero supuse que podría poner en claro ese punto cuando me tocara el turno. Cherry les contó lo que había ocurrido antes y después de que nos asaltaran; creo que vi un par de lágrimas que le rodaron por las mejillas, pero no estoy seguro. Tenía la voz bien firme, incluso aunque estuviera llorando. El juez interrogó cuidadosamente a todo el mundo, pero no ocurrió nada emocionante, tal como suele ser en la tele. Les hizo unas cuantas preguntas a Soda y a Darry acerca de Dally, creo que para comprobar nuestros antecedentes y averiguar con qué clase de chicos andábamos por ahí. ¿Era un buen colega nuestro? Darry dijo «Si, señor», mirando cara a cara al juez, sin titubear; pero Soda me miró como si me estuviera sentenciando a la silla eléctrica antes de dar él la misma respuesta. Me enorgullecí de los dos. Dally había sido uno de los de la pandilla, y no íbamos a fallarle. Creí que el juez nunca llegaría a interrogarme. Pero, cuando lo hizo estaba rígido de miedo. ¿Y sabes lo que pasó? No me preguntó nada de la muerte de Bob. Todo lo que me preguntó fue si me gustaba vivir con Darry, si me gustaba el Instituto, qué notas sacaba y cosas por el estilo. No pude entenderlo en aquel momento, pero más tarde me enteré de lo que le había dicho el médico. Imagino que parecía tan asustado como en verdad estaba, porque el juez me sonrió y me dijo que dejara de morderme las uñas. Es una costumbre que tengo. Luego me dijo que yo estaba absuelto y que el caso estaba cerrado. Ni siquiera me dio ocasión de hablar. Pero eso tampoco me molestó mucho. No me apetecía mucho hablar, de cualquier manera.

Ojalá pudiera decir que todo volvió a la normalidad, pero no puedo. Especialmente por mí. Empecé a tropezar con las cosas, como con las puertas, y no hacía más que darme trastazos con la mesa del café y perder cosas constantemente. Siempre he estado pensando un poco en las musarañas, pero, oye, entonces estaba de suerte si volvía del Instituto a casa con el cuaderno adecuado y con los dos zapatos en su sitio. Una vez hice todo el camino de vuelta sólo con los calcetines, y ni siquiera me di cuenta, hasta que Steve hizo no sé qué comentario brillante al respecto. Imagino que había dejado los zapatos en el casillero del Insti, pero nunca volví a encontrarlos. Y otra cosa, dejé de comer. Antes comía como un león, pero de repente dejé de tener hambre. Sólo quería chucherías. También empecé a hacer de pena los deberes. En Matemáticas no me iba tan mal, porque Darry repasaba mis cuentas y normalmente cogía al vuelo todos los errores, y tenía que hacerlas de nuevo, pero en Lengua estaba hecho un fenómeno. Solía sacar sobresaliente, sobre todo porque el profesor nos obligaba a hacer redacción todo el tiempo. Es decir, ya sé que no hablo así como muy bien (¿has visto alguna vez a un *hood* que hable bien?), pero cuando me propongo a ello sí que puedo escribir bien. Por lo menos, antes sí que podía. Ahora, en cambio, cuando sacaba un aprobado, es que estaba de suerte.

Eso le molestaba a mi profesor de Lengua, mi manera de remolonear, quiero decir. Es un gran tipo, de verdad, que nos hace pensar, y en seguida te das cuenta de que también le interesas como persona. Un día me dijo que me quedara cuando hubo salido el resto de la clase.

–Ponyboy, quisiera hablar contigo de tus notas.

Oye, me entraron ganas de salir corriendo. Sabía que me daba pena en aquella clase, pero, joder, no podía evitarlo.

–Tampoco hay cosa de qué hablar, a juzgar por tus calificaciones. Pony, prefiero decírtelo tal cual. Tal como lo llevas, vas a reprobar, pero teniendo en consideración las circunstancias, si me traes una buena redacción este semestre, te pondré un aprobado.

«Teniendo en consideración las circunstancias...»; oye, eso sí que fue manera de decirme que estaba remoloneando porque había tenido un montón de problemas. Por lo menos, era todo un rodeo para decirlo claro. La primera semana en el Instituto después de la vista había sido terrible. La gente que conocía no estaba dispuesta a hablar conmigo, y gente a la que no conocía de nada se acercaba y me preguntaba por todo el asunto. A veces también los profesores. Y mi profesora de Historia… actuaba como si me tuviera miedo, a pesar de que nunca le había causado ningún problema en clase. Te puedes jugar lo que quieras a que aquello me hacía sentirme pero súper.

–Sí, señor –dije–; lo intentaré. ¿Sobre qué se supone que tiene que tratar la redacción?

–Sobre cualquier cosa que consideres lo bastante importante para escribir sobre ella. Y no se trata de un tema de referencia; quiero que sean tus propias ideas y tus propias experiencias.

Mi primera visita al zoológico. Joder, joder.

–Sí, señor –dije, y salí de allí tan aprisa como pude.

A la hora de comer me encontré con Two-Bit y con Steve en el parqueadero, y fuimos en carro hasta un tenderete del barrio a comprar tabaco, Coca-Colas y chocolatinas. El tenderete era un punto de reunión *greaser*, y aquello era lo que solíamos comer. Los *socs* armaban demasiado jaleo en la cafetería del Instituto tirando de acá para allá la vajilla, y todo el mundo quería echarnos la culpa a los *greasers*. Nos reímos de eso a carcajadas. Los *greasers* rara vez comen en las cafeterías.

Estaba yo sentado en el guardabarros del Carro de Steve, fumando y tomándome una Pepsi, mientras que él y Two-Bit estaban dentro hablando con unas chicas, cuando apareció un carro y salieron de él tres *socs*. Me quedé donde estaba y les miré mientras daba un trago de la Pepsi. No tenía miedo, ni cabreo, ni nada de nada. Cero.

–Tú eres el tipo que mató a Bob Sheldon –dijo uno de ellos–. Y era amigo nuestro. No nos gusta que nadie ande por ahí matando a nuestros amigos, y menos si es un *greaser*.

Vaya lío. Rompí la botella y la cogí por el cuello mientras tiraba el cigarro.

–U os metéis en el carro, u os los rajo.

Me miraron sorprendidos, y uno de ellos retrocedió.

–Va en serio –salté del guardabarros–. Ya he aguantado todo lo que podía aguantar de vuestras pendejadas –avancé hacia ellos, sujetando la botella igual que Tim Shepard sujeta una navaja, apartada de mí, floja pero firmemente. Imagino que se dieron cuenta de que iba en serio, porque se metieron en el carro y se fueron.

–Habrías usado la botella, ¿no es verdad? –Two-Bit y Steve me habían estado mirando desde la puerta del tenderete–. Steve y yo te estábamos respaldando, aunque supongo que no hacía falta. Los habrías rajado, ¿no?

–Supongo –dije con un suspiro. No veía claro por qué se afanaba tanto Two-Bit; cualquiera habría hecho otro tanto y Two-Bit mismo no se lo habría pensado dos veces.

–Oye, Ponyboy, no te vuelvas duro. Tú no eres como nosotros, así que no intentes…

¿Qué le pasaba a Two-Bit? Yo sabía tan bien como él que si te transformas en un duro nada puede hacerte daño. Tú hazte el listo y nada te puede rozar…

–Pero, ¿qué demonios estás haciendo? –la voz de Two-Bit se metió entre mis pensamientos.

Le miré.

–Recoger los cristales.

Se me quedó mirando un instante, luego sonrió.

–Joder, cabroncete –dijo con voz aliviada. No supe de qué estaba hablando, así que seguí recogiendo los cristales y poniéndolos en una papelera. No quería que a nadie se le pinchara una rueda.

Intenté escribir esa redacción al llegar a casa. En serio que lo intenté, sobre todo porque Darry me dijo que si no… Pensé escribir acerca de papá, pero no pude. Va a pasar mucho tiempo antes de que pueda siquiera pensar en mis padres. Mucho tiempo. Intenté escribir sobre el caballo de Soda, «Mickey Mouse», pero no conseguía dar con el tono; siempre terminaba por resultar gastado. Así que me puse a escribir nombres por todo el papel. Darry Shaynne Curtis, Jr. Soda Patrick Curtis. Ponyboy Michael Curtis. Después dibujé un montón de caballos. Pues sí que me iba a valer eso para sacar una buena nota.

–Eh, ¿ha venido el correo? –Soda pegó un portazo y preguntó a gritos por el correo, igual que todos los días cuando vuelve del trabajo. Yo estaba en el dormitorio, pero sabía que él iba a quitarse la chaqueta y tirarla contra el sofá, fallando, quitarse los zapatos y entrar en la cocina a por un vaso de batido, porque eso es lo que hace todos los días. Siempre anda por ahí descalzo; no le gustan los zapatos.

Entonces hizo algo divertido. Entró y se dejó caer en la cama y encendió un cigarro. No fuma casi nunca, excepto cuando algo le está fastidiando, o cuando quiere dárselas de duro. Y a nosotros no tiene por qué impresionarnos; ya sabemos que es duro. Así que supuse que algo le estaba molestando.

–¿Qué tal el trabajo?

–Bien.

–¿Algo anda mal?

Sacudió la cabeza. Me encogí de hombros y seguí dibujando caballos.

Soda hizo la cena esa noche, y todo salió como siempre, con toda normalidad. Eso fue lo raro, porque él siempre prueba algo diferente. Una vez, *pancakes* verdes. Verdes. Una cosa sí que puedo decirte: si tienes un hermano como Soda, puedes dar por sentado que no vas a aburrirte.

Durante toda la cena Soda estuvo tranquilo, y no comió mucho. Eso sí que es raro. La más de las veces no se le puede hacer callar. Darry no pareció darse cuenta, así que yo no dije nada.

Después de cenar tuve una discusión con Darry, que era como la cuarta que teníamos esa semana. Esa empezó porque no había puesto manos a la obra de aquella redacción, y quería salir a dar una vuelta en carro. Antes las broncas solían ser que yo me quedaba allí quieto mientras Darry me soltaba el regaño de turno, pero últimamente me había dado por responderle.

–¿Qué joda te pasa con mis deberes? –le grité por fin–. Tendré que conseguir un trabajo tan pronto como salga del Insti, ¿no? Mira a Soda. Se lo hace muy bien, y eso que él dejó los estudios. ¡Por mí, puedes hacer locha todo el día!

–Tú no vas a dejar los estudios. Escucha, con tu coco y con las notas que sacas podrías conseguir una beca, y podríamos mandarte a la universidad. Pero la cuestión no son los deberes. Estás viviendo en un vacío, Pony, y tienes que cortar eso de raíz. Johnny y Dallas eran también nuestros colegas, pero no es cuestión de dejar de vivir sólo porque has perdido a alguien. Pensé que eso ya lo sabías. ¡No abandones! Y en cuanto deje de gustarte la manera que tengo de llevar las cosas, puedes largarte.

Me quedé tieso y frío. Nunca hablábamos de Dallas o de Johnny.

–Eso te gustaría, ¿no? Te gustaría que me largara. Bien, pues no es tan sencillo, ¿no, Soda? –pero al mirarle, me paré en seco. Tenía la cara blanca y, mientras me miraba, sus ojos, como platos, tenían una expresión dolorida. De repente me acordé de la cara de Curly Shepard una vez que resbaló desde un poste telefónico y se rompió un brazo.

–No... Joder, oigan, ¿por qué no...? –saltó de pronto y salió por la puerta. Darry y yo nos quedamos de piedra. Darry recogió el sobre que Soda había dejado caer.

–Es la carta que le escribió a Sandy –dijo Darry inexpresivo–. Se la han devuelto sin abrirla.

Así que aquello era lo que le había estado jodiendo durante toda la tarde. Y yo ni siquiera me había preocupado en averiguarlo. Y mientras pensaba en ello caí en la cuenta de que nunca había prestado mucha atención a los problemas de Soda. Darry y yo dábamos por sentado, sin más, que no los tenía.

–Cuando se marchó Sandy a Florida… no era Soda, Ponyboy. Me dijo que la quería, pero supongo que ella no le quería como él creía, porque no era él.

–No tienes que dibujármelo –dije.

–Quería casarse con ella como fuera, pero ella se fue –Darry me estaba mirando con cara de confusión–. ¿Por qué no te lo dijo? No creí que se lo contara a Steve o a Two-Bit, pero creía que a ti te lo contaría todo.

–Puede que lo intentase –dije. ¿Cuántas veces había empezado Soda a contarme algo, total para darse cuenta de que yo estaba metido en una de mis ensoñaciones o en un libro? Él siempre estuvo dispuesto a escucharme, aunque estuviera haciendo otra cosa.

–Lloraba todas las noches la semana que faltaste –dijo Darry lentamente–. Tú y Sandy, los dos la misma semana –dejó el sobre encima de la mesa–. Ven, vamos a buscarlo.

Le seguimos hasta cerca del parque. Le íbamos ganando terreno, pero aún nos llevaba una manzana de ventaja.

–Da la vuelta por el otro lado y córtale la huida –me ordenó Darry. Aunque yo no estaba en forma, seguía siendo el que más corría de los tres–. Yo seguiré tras él.

Me metí por entre los árboles para cortarle el paso a mitad del parque. Recortó hacia la derecha, pero me le lancé y lo atrapé a dos brazos antes de que se alejara un par de pasos. Nos quedamos los dos sin resuello. Allí nos tumbamos, jadeando, y luego Soda se sentó y se sacudió la hierba de la camisa.

–Deberías haberte dedicado al fútbol mejor que al atletismo.

–¿A dónde pensabas ir? –yo estaba tumbado boca arriba y le miraba. Llegó Darry y se dejó caer a nuestro lado.

Soda se encogió de hombros.

–¡Qué sé yo! Es que… No puedo aguantar oíros pelear. A veces… tengo que largarme, porque si no… es como si fuera el tipo de en medio en una socatira y me fueraís a partir por la mitad. ¿Os dais cuenta?

Darry se me quedó mirando alarmado. Ninguno de los dos nos habíamos dado cuenta de cómo le estaba sentando a Soda el oírnos pelear. Me sentía enfermo y frío de vergüenza. Lo que dijo era verdad. Darry y yo jugábamos a tirar de la cuerda con él, sin pensar nunca en el daño que eso le hacía.

Soda jugueteaba con unas briznas de hierba.

–Lo que quiero decir es que no puedo tomar partido. Sería mucho más sencillo si pudiera, pero es que veo los dos puntos de vista. Darry grita demasiado y lo intenta todo con demasiado ahínco y se lo toma todo demasiado en serio, y Ponyboy, tú no piensas las cosas, no te das cuenta de todo lo que Darry ha dejado nada más que para darte la oportunidad que él perdió. Podría haberte dejado en cualquier orfelinato y haberse abierto camino en la universidad. Ponyboy, te estoy diciendo la verdad tal cual es. Yo dejé el Instituto porque no valgo. En serio que lo intenté, pero ya viste mis notas. Mira, yo soy feliz trabajando en una gasolinera con carros. Tú nunca serías feliz haciendo algo parecido. Y Darry, tú tendrías que intentar comprenderle más, y dejar de molestarle con cada error que comete. Él siente las cosas de distinta manera que tú –nos echó a los dos una mirada suplicante–. , bastante difícil es tener que oíros, pero cuando además me forzáis a tomar partido… –le asomaron lágrimas en los ojos–. Somos todo lo que nos queda. Tenemos que ser capaces de seguir unidos, pase lo que pase. Si no nos tenemos unos a otros, no tenemos nada. Si no tienes nada, acabas como Dallas… y no quiero decir muerto. Quiero decir como era antes. Y eso es peor que estar muerto. Por favor –se secó los ojos con el brazo–, no peleéis más.

Darry parecía pero muy preocupado. De repente me di cuenta de que sólo tenía veinte años, de que no era tan viejo como para no sentir el miedo o el dolor, o el estar perdido, igual que todos nosotros. Vi que había esperado que Darry lo entendiera todo sin intentar siquiera entenderle yo por mi parte. Y él había abandonado un montón de cosas por mí y por Soda.

–Claro, coleguilla –le dijo Darry suavemente–. No vamos a pelearnos ya más.

–Eh, Ponyboy –Soda me soltó una sonrisa lagrimosa–, no empieces a llorar tú también. Ya tenemos bastante con un llorón en la familia.

–No estoy llorando –le dije. Es posible que lo estuviera. No me acuerdo.. Soda me soltó un puñetazo juguetón en el hombro.

–Nada de peleas, ¿vale, Ponyboy? –dijo Darry.

–Vale –y lo dije en serio. Darry y yo seguiríamos probablemente sin entendernos a veces; éramos demasiado distintos como para que no fuera así, pero no volveríamos a pelearnos. No podríamos hacer nada que le doliera a Soda. Sodapop seguiría siendo siempre el de en medio, pero eso no significa que tuviera que soportar desgarrones. En vez de que Darry y yo lo troceáramos, él nos mantendría unidos.

–Bueno –dijo Soda–, estoy helado. ¿Qué tal si volvemos a casa?

–Te echo una carrera –le dije dando un brinco. Hacía una noche espléndida para echar una carrera. El aire estaba claro y frío, y tan limpio que casi brillaba. No había luna, pero las estrellas lo iluminaban todo. Todo estaba en calma, y sólo se oía el sonido de nuestras pisadas sobre el cemento y el seco rascar de las hojas que barría el viento. Supongo que seguía sin estar en forma, porque empatamos los tres. No. Supongo que los tres queríamos continuar unidos.

Seguía sin querer ponerme a hacer los deberes, pese a todo. Anduve dando vueltas buscando un libro para leer, pero ya había leído unos cincuenta millones de veces todo lo que había en casa, incluido el ejemplar de *Los aventureros* de Darry, aunque me había dicho que no tenía suficiente edad para leerlo. Yo también estuve de acuerdo después de haberlo terminado. Por fin, cogí *Lo que el viento se llevó* y le eché un vistazo largo y tendido. Sabía que Johnny había muerto. Lo había sabido todo aquel tiempo, incluso cuando estuve enfermo y simulé que no estaba muerto. Fue Johnny, no yo, quien había matado a Bob; eso también lo sabía. Simplemente, había pensado que si hacía como si Johnny no hubiera muerto, no me dolería tanto. Igual que se quejó Two-Bit, después de que la policía se llevara el cadáver de Dally, porque había perdido su navaja cuando registraron a Dallas.

–¿Es eso todo lo que te está jodiendo, esa navaja? –le soltó Steve con los ojos enrojecidos.

–No –había dicho Two-Bit con un tembloroso sollozo–, pero ojalá fuera sólo eso.

Pero aún dolía, sin embargo. Conoces a un tipo desde hace tiempo, quiero decir que lo conoces a fondo, y no te acostumbras a la idea de que se ha muerto esta misma noche. Johnny era algo más que un colega para todos nosotros. Imagino que había escuchado más quejas y más problemas de mucha más gente que cualquiera de nosotros. Un tipo que está dispuesto a escucharte de verdad, a escucharte y a entender lo que le estás diciendo, es un tipo difícil de encontrar. Y yo no era capaz de olvidar cómo me dijo que no había hecho suficientes cosas, que no había salido del barrio en toda su vida, y cuando lo hizo era demasiado tarde. Respiré hondo y abrí el libro. Una hoja de papel cayó al suelo; la recogí.

Ponyboy, le he pedido a la enfermera que te dé este libro, para que así puedas terminarlo –era la caligrafía de Johnny. Seguí leyendo, casi oyendo la tranquila voz de Johnny–. El médico ha venido hace un rato, pero yo ya lo sabía. No hago más que cansarme cada vez más y más. Escucha, ahora no me importa morirme. Merecía la pena. Salvar a aquellos niños merecía la pena. Algunos de los padres han venido a darme las gracias, y supe que merecía la pena. Dile a Dally que merecía la pena. Os voy a echar de menos a todos. He estado pensando en esto, y el poema aquel, el tipo que lo escribió, quiso decir que eres dorado mientras eres un niño, como lo

verde. Cuando eres niño todo es nuevo, el amanecer. Sólo cuando te acostumbras a las cosas se hace de día. Como lo mucho que te gustan las puestas del sol, Pony. Eso es dorado. Sigue siendo así, es una buena manera de ser. Quiero que convenzas a Dally para que mire una puesta de sol. Seguramente creerá que te has vuelto loco, pero pídeselo por mí. No creo que él haya visto nunca una puesta de sol. Y procura que no te joda tanto ser un greaser. *Aún te queda mucho tiempo para hacer de ti lo que de verdad quieres ser. Aún quedan un montón de cosas buenas en el mundo. Díselo a Dally. No creo que lo sepa.*
Tu colega,

Johnny.

Díselo a Dally. Era ya demasiado tarde para decírselo a Dally. ¿Me habría escuchado? Lo dudé. De repente no era algo personal, mío. Me imaginé a cientos y cientos de chicos que vivían en el lado feo de cada ciudad, chicos de ojos negros que se asustaban de su propia sombra. Cientos de chicos que quizá mirasen las puestas de sol y las estrellas y que deseasen con todas sus fuerzas algo mejor. Pude ver a chicos que se ponían debajo de una farola porque eran malos y duros y odiaban el mundo, y era demasiado tarde para decirles que aún quedaban en ellos cosas buenas, y que no te creerían si lo hicieras. Era un problema demasiado vasto para ser una cuestión personal. Tendría que haber alguna ayuda, alguien debería decírselo antes de que fuera demasiado tarde. Alguien debería contar la historia desde su punto de vista, y quizás entonces la gente lo entendería, y no serían tan ligeros a la hora de juzgar a un chico sólo por la cantidad de gomina que lleve. Aquello me pareció importante. Cogí el teléfono y llamé a mi profesor de Lengua.

–Señor Syme, soy Ponyboy. La redacción esa..., ¿cómo tiene que ser de larga?

–Eh, pues, bueno, no menos de cinco páginas –sonó como si estuviera sorprendido. Me había olvidado de que era más bien tarde.

–¿Puede ser más larga?

–Claro, Ponyboy, tan larga como quieras.

–Gracias –dije, y colgué.

Me senté y cogí la pluma y estuve un minuto pensando. Recordando. Recordando a un chico guapo, moreno, de sonrisa inquieta y temperamento caliente. A un chico rudo y cabezón, con un cigarro en la boca y una sonrisa amarga en su cara endurecida. Recordando –y esta vez no me dolió– a un quinceañero tranquilo, con pinta de derrotado, al que le hacía falta un buen corte de pelo y cuyos ojos negros tenían una expresión asustadiza. En una semana los tres habían desaparecido. Y decidí que podía contárselo a la gente, empezando por mi profesor de Lengua. Durante un buen rato estuve preguntándome cómo empezar a escribir sobre algo que para mí era tan importante. Y finalmente empecé así: «Cuando salí a la brillante luz del sol desde la oscuridad del cine tenía sólo dos cosas en la cabeza: Paul Newman y volver a casa…»

Biografía

Susan E. Hinton

Nació en Tucsa (Oklahoma-EEUU) en 1950.

Estudió sus primeros años en el Will Rogers High School de su ciudad natal. Muy pronto abandonó su carrera para casarse, pero se llevó los recuerdos y las vivencias de sus años de estudiante, para plasmar en sus obras personajes y conflictos de aquel ambiente.

Más tarde viajó al sur de España, donde compró unas hectáreas de terreno. Pero cuando su marido obtuvo una plaza de profesor en California, regresaron a su país.

Susan E. Hinton es una de las autoras de más prestigio y calidad de la nueva narrativa norteamericana. Con sólo 16 años se lanzó a la fama con su obra *Rebeldes*, que sería traducida, inmediatamente, a muchos idiomas y llevada al cine por Francis Ford Coppola.

Seleccionado como el mejor libro dirigido a los jóvenes, *Rebeldes* ha sido galardonado también por los libreros de Estados Unidos.

Otros títulos

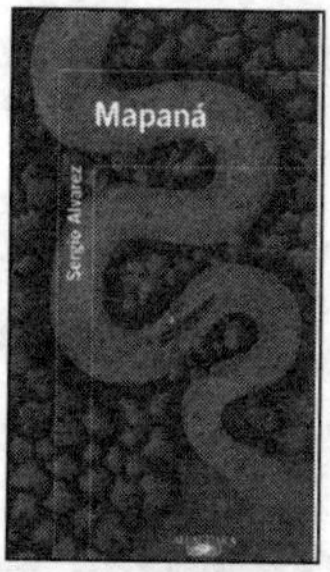

Mapaná
SERGIO ÁLVAREZ

Soñar con la ciudad
RAMÓN FONSECA MORA

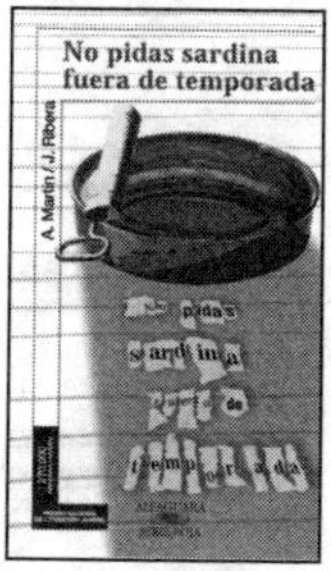

No pidas sardina fuera de temporada
ANDREU MARTÍN, JAIME RIBERA

Este libro, publicado por Dagata S.A. bajo el sello Alfaguara, se terminó de imprimir en los talleres de Gráficas de la Sabana Ltda. Bogotá-Colombia, en el mes de enero de 2009.